面对这充满了预兆与星光的夜晚

我第一次向这世界温柔的冷漠敞开心扉

我体验到这世界与我如此相像

终还是有兄弟般的相亲相爱

我觉得我过去是幸福的

现在也依然幸福

Untitled

Alberto Giacometti（1901–1966）

《无题》

阿尔伯托·贾科梅蒂

局外人

L'Étranger

[法]阿尔贝·加缪 著

郭硕博 陈杰 译

重庆大学出版社

By the Deathbed（*Fever*）

Edvard Munch（1863–1944）

1893

《临终之床（高烧）》

爱德华·蒙克

Conference at Night

Edward Hopper（1882–1967）

1949

《夜间会议》

爱德华·霍普

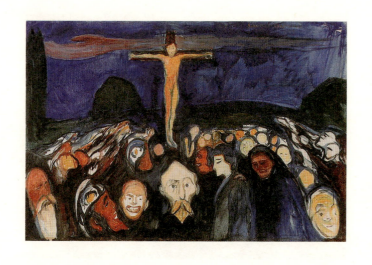

Golgota

Edvard Munch（1863–1944）

1900

《受难之地》

爱德华·蒙克

Landscape near Stampa Sun

Alberto Giacometti（1901–1966）

《斯坦帕的阳光》

阿尔伯托·贾科梅蒂

目　录

第一部

一

今天，妈妈死了。没准儿是昨天，我不清楚。我收到了养老院的一封电报："母丧。明日下葬。节哀顺变。"这话说得并不清晰。也许是昨天死的。

养老院在马朗戈，离阿尔及尔有八十公里。我得坐两点钟的公共汽车去，下午抵达。这样，我能赶上夜里守灵，而明晚便可返回。我向老板请了两天的假。这样的缘由，他无从拒绝，但他看上去不怎么乐意。我甚至对他说："这不是我的错。"他没回我。我于是想，我大可不必跟他说这句话。总之，我无须请求原谅；反倒是他，应该对我表示慰问。不过，后天当老板看到我戴着孝，他无疑会对我表示慰问的。眼下，妈妈似乎还没死。相反，等到下葬之后，这事算是盖了棺、归了档，一切都将更加正式地像服丧的样子。

我乘上了两点的公共汽车。天很热。我跟往常一样，在塞莱斯特的饭店吃的饭。他们都很为我难过，塞莱斯特对我说："人呐，只有一个妈。"当我离开时，他们把我送到门口。我有些厌烦，因为我还得上楼去问埃马纽埃尔借黑色领带和黑纱。

几个月前，他伯父过世了。

为了不错过发车的点儿，我是奔到车站的。急急忙忙地奔跑，加上车子的颠簸和汽油味、公路和天空的反光，毫无疑问，因为这些我有点昏昏沉沉。差不多一路上我都在睡觉。当我醒来的时候，我靠在一个军人身上。他对我报以微笑并问我是否来自远方。我只回了句"是的"，便不再多置一言。

养老院离村子还有两公里。我是走路去的。我想立刻看到妈妈，但门房跟我说，我得先见见院长。因为院长在忙，我等了一会儿。等候的这段时间里，门房一直在叨叨，然后我见到了院长——他在办公室里接待了我。这是个矮小的老头儿，佩戴着荣誉勋位勋章 [1]。他用明亮的眼睛看了看我。之后，他和我握手，并且握的时间如此之长，弄得我不知道该怎么把手抽回来。他查过了档案，对我说："默尔索太太住进这里已经三年了，您是她唯一的依靠。"我以为他是对我有所责备，便开始向他解释。但是他打断了我的话："您不用为自己辩解，我亲爱的孩子，我看过您母亲的档案，您无法负担她的生活开销。她需要得到照料，您却工资微薄。总的来说，她在这里反倒更舒心一些。"我说："是的，院长先生。"他补充道："您知道，

1　译者注：Légion d'honneur，法国荣誉勋位勋章，也译为法国荣誉军团勋章。法语全称为 Ordre national de la Légion d'honneur，这是法国政府颁授的最高荣誉骑士团勋章，1802 年由拿破仑设立，勋章分六个等级。

她有一些年龄相仿的朋友。她和他们可以分享属于他们那个时代的共同兴趣。您年纪轻，跟您在一起她会觉得无聊的。"

的确如此。妈妈在家的时候，她的眼睛总是一刻不离开我，沉默地消磨着时间。住进养老院最初的那些日子，她经常哭泣。但这是习惯问题。几个月后，如果把她从养老院接走，她也会哭的——依旧是习惯使然。正因为此，我去年几乎没去过养老院，也因为这么跑一趟会耗掉我整个礼拜天的时间——这还没算赶公共汽车、买车票以及在路上奔波两个小时所花的工夫。

院长还在跟我聊，但我几乎没再听他说话。之后他对我说："我想，您希望见见您的母亲吧。"我什么都没说便站了起来，他在前面领着我走向门口。在楼梯上，他对我解释道："我们把她送到了小停尸间，免得惊到其他人。每当院里有老人过世，其他的人两三天里都会变得神经质。这会使我们的服务变得困难。"我们穿过一个院子，很多老人在那里三五成群地闲聊。当我们经过时，他们就收声不聊了。等我们走过之后，他们的交谈又恢复了，听着像是一群鹦鹉发出的聒噪声。在一栋小房子门口，院长向我告辞："默尔索先生，我失陪了。有事随时到办公室找我。原则上，葬礼定在明天上午十点。我们考虑，这样你可以为亡人守灵。最后说一句，您的母亲似乎常和院里的伙伴们说起，希望按宗教仪式落葬。我已经把该做的都安排了。不过我想这些该向您知会一声。"我对他表示感谢。妈妈不是无神论者，可她生前却从未想到过宗教。

我进了小房子。这是一个非常亮堂的厅，墙上用石灰刷成了白色，顶上是一个玻璃顶棚。厅里放了几把椅子和几个 X 形的架子——正中的两个架子托着一口已经盖上了盖子的棺材。棺材上只看到闪闪发亮的螺丝钉，还没钉死，在刷成褐色的棺材板上很是扎眼。棺材旁边，有个穿着白色工作服的阿拉伯女护士，戴着一条色彩鲜艳的头巾。

这时，门房进来，到了我的身后。他应该是跑过来的，说话有点磕磕巴巴："棺材已经盖上了，不过我得拧开螺丝钉，让您能看看她。"他靠近棺材，我把他拦住了。他问我："您不想看看？"我回答："是的。"他僵住了，我感到尴尬，因为我觉得自己不该这么说。过了一会儿，他看了看我，问我说："为什么？"不过他没有指责的意思，似乎就是想问清缘由。我说："我不知道。"于是，他捻着白色的小胡子，看都没看我，说："我明白。"他的眼睛很漂亮，淡蓝色，面色略显红润。他给我搬了一把椅子，他自己则坐在我后面一点儿。女护士站了起来，朝门口走去。这时，门房对我说："她染上了下疳。"我不明其意，瞅了瞅女护士，看到她在眼睛下面绕着头缠了一圈绷带，在鼻子那里，绷带是平的。在她脸上，我只看得到一片白色的绷带。

当护士离开了，门房说："我失陪了。"我不知道自己做了个什么手势，但他就留下了，站在我后面。背后有个人令我感到不自在。房间里充满了傍晚时分漂亮的光线，两只大胡蜂嗡嗡地冲着玻璃顶棚乱撞。我感到困意向我袭来。我并未转身，对门房说："您在这儿很久了吧？""五年。"他马上答道——似乎他一直在等着我的提问。

接着，他的话多了起来。如果有人对他说，他将在马朗戈养老院门房的位置上终老，他肯定会大为惊诧的。他六十四岁，而且是巴黎人。这时我打断了他："啊，您不是这里人？"我随即想起来，他在带我去院长办公室之前，曾跟我谈到了妈妈。他对我说，必须尽快将妈妈下葬，因为在平原上天气炎热——此地尤甚。当时他还告诉我，他曾经在巴黎生活，他对那里难以忘怀。在巴黎，人们有时会为死者守灵三四天。但在这里，可没那么多时间，匆匆地就要跟在柩车后面将亡人下葬，真让人适应不了。他的妻子对他说："闭嘴吧，你不该跟先生讲这些。"老头儿脸红了，表示道歉。我接茬儿道："没事，没事。"我觉得他说得对，而且有趣。

在小停尸间里，他告诉我，他因为贫穷进了养老院。他觉得自己身体硬朗，便毛遂自荐当了门房。我向他指出，无论如何，他也是一位养老者。他对我说不是这样。当他提起院里的养老者时，他称呼他们的方式是"他们""其他人"，冷不丁地也说"老人们"，我对此早就印象颇深，而他们当中，有些人年纪并不比他大。不过当然了，这可不是一码事：他是门房，在某种意义上，他有权管他们。

女护士这时进来了。夜晚突然降临，须臾之间，夜色在玻璃顶棚上变得浓郁。门房开了灯，我被突然出现的亮光晃得睁不开眼。他请我去食堂用晚餐，但是我不饿，于是他提议给我带一杯奶咖。因为我很喜欢奶咖，便接受了。过了一会儿，他端着一个托盘回来了。我喝了奶咖，然后我想抽烟。但是我犹豫了，因为我不知道自己是否可以在妈妈跟前这么做。我想了想，这没什么大不了的。我递给门房一支烟，我们抽了起来。

过了片刻，他对我说："您知道，您母亲的院友们也将来守灵。这是惯例。我得去弄一些椅子和黑咖啡来。"我问他能否关掉一盏灯，白墙上的反光令我感到疲惫。他对我说这办不到。厅里的照明是这么设置的：要么全开，要么全关。我不再对他过多地留意。他出去、进来，摆好了椅子。其中的一张椅子上，他在一个咖啡壶周围摆了一些杯子。然后，他坐到了我的对面——妈妈遗体的另一头。女护士也坐在里面，背对着我。我看不到她在做什么。但是，从她手臂的动作来看，我能想到她在织毛衣。天气真惬意，咖啡让我感到暖和，从敞开的大门飘进来一股夜晚和花朵的气息。我觉得我自己打了会儿盹儿。

一阵窸窸窣窣的声音把我吵醒了。刚刚合过眼，这厅里对我来说更显得白得发亮。在我面前，没有一丝阴影，每一个物体，每一个角落，所有的曲线都历历在目、纤毫毕现。就在这时候，妈妈的朋友们进来了。他们总共有十来个人，无声地挪到了这令人睁不开眼的灯光里。他们坐下了，没让一把椅子发出嘎吱的声响。我盯着他们看，仿佛我从未见过人——他们的面孔和衣服的每一个细节都被我尽数看在眼里。然而，我却听不到他们发出任何声音，我很难相信他们的真实存在。几乎所有的女人都系着围裙，而勒在她们腰部的带子使她们隆起的肚腩更为凸显。我还从未注意过老妇人们的肚子能大到何等地步。男人们几乎全都特别瘦，拄着拐杖。在他们的脸庞上，令我印象深刻的是，我看不见他们的眼睛——我仅见的，只是一大堆皱纹中间一丝暗淡的微光。当他们坐定，大多数人都朝我看看，并且拘谨地点点头，他们的嘴唇瘪在没了牙齿的嘴里，让我无从知道他们是在向我打招呼，还是面部的肌肉在抽搐。我还是认为他们是在冲我打招呼。这时候，我发现他们全部坐在我的对面，摇头晃脑的，在门房的周围。有那么一瞬间，我产生了一种荒谬的印象：他们在那儿审判我。

没一小会儿，一个女人哭了起来。她坐在第二排，被某个女院友挡住了——我看不清她。她有规律地小声抽泣着，我觉得她会停不下来。其他人看起来好像都没有听到她哭。他们神情沮丧，闷声不响。他们看着棺材或是他们的拐杖，抑或是随便一样东西，但他们也只是盯住一样看着。那个女人一直哭着。

我很奇怪，因为我并不认识她。我真希望不再听到其哭声，然而我不敢跟她这么说。门房朝她俯下身，跟她聊了聊，但她摇着头，嘟囔着说了些什么，又继续以同样的节奏哭着。于是门房来到我这边，他在我旁边坐下。过了好一阵，他看着其他地方，告诉我说："她跟您的母亲非常要好。她说您母亲是她在这里唯一的朋友，如今她什么人都没了。"

我们就这样待了颇长的一段时间。那个女人的叹息声和啜泣声越来越小了。她用力地吸着鼻子。终于，她消停了。我不再犯困，但感到疲惫，腰酸背疼。此刻，让我难以忍受的是所有这些人的寂静无声。我只是时不时地听到一种怪异的声音，却弄不明白那是什么动静。时间一长，我终于猜到，这些老人们中有几位在嘬他们自己的腮帮子，发出了这奇怪的咂嘴声。他们对此毫无察觉，因为他们完全陷入了沉思之中。我甚至感觉，睡在他们当中的这位死者，在他们眼里没任何意义。不过，现在我觉得，这是个错误的想法。

我们都喝了门房拿来的咖啡。之后的事，我就不知道了。夜晚过去了。我回想起来，在夜间的某一刻我曾睁开眼，看到老人们都蜷缩着睡着了，除了仅有的一个——他双手拄着拐杖，下巴支在手背上，紧盯着我看，仿佛他就是在等着我醒来。然后我又睡着了。因为腰越来越疼，我又醒了。晨光已爬上了玻璃顶棚。没一会儿，一个老人醒了，他咳得很厉害。他往一块大的方格手帕上吐痰，他每吐一下，都仿佛撕心裂肺一般。他把其他人给吵醒了，门房说他们该走了。他们纷纷起身。这次磨人的守灵耗得他们一个个面如死灰。令我大为惊讶的是，当他们走出去的时候，所有人都和我握了手，似乎这个夜晚我们之间没有任何只言片语的交流，反倒增进了我们的亲近感。

我累坏了。门房把我带到他的房间，我得以简单洗漱了一下。我又喝了奶咖，味道特别好。当我走出房间，日头已经高高升起。马朗戈和大海之间的山丘之上，天空红彤彤的。越过山丘的海风给这里带来了一股盐的味道。这将是天气晴好的一天。我还是很久以前来过乡下，我感到，如果不是妈妈这件事，现在去散散步该是多么愉悦啊。

我在院子里一棵法国梧桐树下面等着。我呼吸着新鲜泥土的味道，不再犯困。我想到了办公室的同事们。在这个点儿，他们应该起床去上班了——对我而言，这总是最难熬的时刻。我琢磨了一会儿这些事情，但是房子里响起的钟声把我的思绪打乱了。窗户后面一阵忙乱声，随即一切又安静了下来。天上，太阳又升高了一点儿：它开始晒得我双脚发热。门房穿过院子，对我说院长要见我。我去了院长的办公室，他让我在几份文件上签了字。我看到他穿着黑色上衣和条纹裤子。他拿起电话，向我征询道："殡仪馆的人来了有一会儿了。我准备让他们过来把棺材钉起来。在这之前您想再看您母亲最后一眼吗？"我说不。他压低声音在电话里命令说："菲雅克，跟那些人说，他们可以去盖棺了。"

之后，他对我说他将参加葬礼，我对他表示感谢。他在办公桌后面坐下，交叉着两条小腿。他告诉我，送葬的只有我和他两人，加上值班的女护士。原则上，院友们是不应参加葬礼的，他只让他们守灵。他指出："这是一个人道的问题。"不过，这次情况特殊，他同意了妈妈的一位老朋友跟着队伍一起去送葬。"托马·佩雷兹。"说到这名字，院长笑了。他对我说："您知道，这是一种有点孩子气的情感。不过他和您的母亲几乎形影不离。在养老院，大家拿他们开玩笑，会对佩雷兹说：'她是您的未婚妻。'他听了会笑。这玩笑让他们俩感到开心。事实上，默尔索夫人的离世令他非常难过。我觉得不应该不准他去。不过，根据医生的建议，我昨天没让他守灵。"

我们沉默无语地待了颇长时间。院长站起身，朝办公室窗外张望。一会儿工夫，他注意到："马朗戈的本堂神甫已经来了。他提前到了。"他告诉我，步行走到村子里的教堂，至少要三刻钟。我们下了楼。本堂神甫和两个唱诗班的孩子待在房前。其中一个小童捧着一个香炉，神甫朝他低下身子，以便调整香炉上银链子的长短。当我们到了，神甫直起了身子。他称呼我为"我的孩子"，并对我说了几句话。他走进了停尸间，我跟在他后面。

我一眼便看到，棺材上的钉子已经拧进去了，并且厅里有四个黑衣人。我同时听到，院长对我说灵车在外面的路上等着，神甫也开始了他的祈祷。从这时起，一切都进行得很快。那四个黑衣人拿着盖布[1]朝棺材走去。神甫、跟着他的两个小童、院长和我都走了出来。门口，有一位我不认识的女士。"默尔索先生。"院长向她介绍说。我没听清这位女士的名字，只知道她是护士代表。她没有一丝笑容地颔首，一张长脸瘦骨嶙峋。之后，我们让到边上，以便让棺材过去。我们跟着抬棺人走出了养老院。门前停着灵车。灵车呈长方形，漆得锃亮，活像个文具盒。它旁边是葬礼主事，一个穿着滑稽的矮个男子，以及一个举止不自然的老头儿。我明白过来，这就是佩雷兹先生。他戴了一顶宽边圆顶软毡帽（当棺材经过大门时，他把帽子脱了），穿了一身西服——裤子是绞着的，拖在鞋面上，而那个黑领结对于其白衬衫的大领子来说，显得太小。他的嘴唇在一只满是黑点的鼻子下面颤抖。他细细的白发下面露出两只古怪的耳朵——晃悠着，耳郭难看得像拷边没拷好——它们呈血红色，在这张苍白的脸庞上令我印象深刻。葬礼主事安排了我们的位置：本堂神甫走在前面，然后是灵车，灵车周围是四个黑衣抬棺人，后面是院长和我，最后收尾的是护士代表和佩雷兹先生。

---

1 译者注：盖布（drap），用于覆盖在已经盖棺的灵柩上的布。

天上已经艳阳高照。它开始向大地发威，气温急剧升高。我不知道为什么等了这么久我们才出发。我穿着这身深色衣服，觉得很热。那矮小的老头儿佩雷兹本来已经重新戴上了帽子，这会儿又把它脱下了。当院长跟我谈起他时，我略微朝他转过身，看了看他。院长对我说，我母亲和佩雷兹先生经常由一个女护士陪伴，在傍晚时分散步，一直走到村子。我望着周围的原野，成排的柏树一直延伸到天边的山丘，这片大地赭红与葱郁相间，房屋稀疏但却错落有致——透过这景致，我理解了妈妈。在这个地方，傍晚想必是一段忧郁的休憩时光。而今天，烈日的曝晒令这片土地战栗不已，使其变得无情，叫人疲惫不堪。

我们动身了。正是在这时，我发觉佩雷兹走路有一点一瘸一拐。灵车渐渐加速，老头儿跟不上了。走在灵车外围的一个抬棺人也掉了队，现在和我并排而行。我感到惊讶，太阳在天上升得如此之快。我发现田野里早已响起一片虫鸣声和草丛的簌簌声。汗水流过我的面颊。由于我没有帽子，我只得用手帕给自己扇扇风。殡仪馆的那个雇员跟我说了什么，我没听见。与此同时，他用右手掀起鸭舌帽的帽舌，左手拿手帕擦着脑门。我问他："什么？"他指着天空重复了一遍说："真晒人。"我说："是啊。"过了一会儿，他问我："那里面是您的母亲？"我还是说："是啊。""她年纪大了吧？"我回答说："就这样。"因为我并不知道妈妈确切的岁数。随后，他不吱声了。我回过头，看到佩雷兹老头儿落在我们后面有五十多米。他匆匆往前赶，帽子拿在手里，随胳膊摆动着。我也看了看院长。他走得很庄重，没有任何多余的动作。他的额头上沁出了几滴汗珠，但他并没有去擦。

我似乎觉得送葬队伍行进得更快了一点儿。在我周围，依然是洒满阳光明晃晃的田野。天空亮得让人受不了。有一阵儿，我们走过一段新修的公路，太阳把柏油路面晒到爆裂。脚一踩就会陷进去，在明亮的沥青上留下敞口的印迹。灵车顶上，车夫的熟皮帽子好像在这黑泥般的沥青里鞣制过。置身于蓝天白云和我周遭的这一片单调的颜色之中——溢出的沥青黏稠的黑、送葬穿的衣服暗淡的黑、灵车上了漆的黑——我有点迷失。所有这些——阳光、灵车上的皮革味和马粪味、油漆和焚香的味道、一夜未眠的疲倦——使我目光涣散、思绪不清。我又一次地回过头：佩雷兹已经落在我后面很远，隐隐约约地在一片热气里，然后我就再也看不见他了。我用目光搜寻着他的身影，发现他离开了大路，从田地里穿了过来。我看到，在我前方公路拐了个弯。我回过神来，佩雷兹熟悉这地方，他在抄近路，才好赶上我们。在拐弯处，他重新加入了我们的队伍。之后，我们又把他甩在了后面。他再次从田地里抄近路，就这样反复了好几次。我感到血气上涌，直冲我的太阳穴。

接下来，所有的事情都进行得如此迅速、精确而且自然，因此我什么都不记得了，只记得一件事：在村口，护士代表跟我说了话。她的声音很特别，和她的面相并不相称，这是一种悦耳的、带着颤抖的声音。她对我说："如果我们走得慢，会中暑。但如果我们走得太快，又会出汗，到了教堂里我们就会着凉感冒。"她说得对，真是无解。我对那一天还留有几个印象：比如，当临近村子佩雷兹最后一次追上我们时，他的那张脸。他既紧张又痛苦，大滴的眼泪流到了面颊上。但是，因为脸上的皱纹沟壑纵横，这些泪水没有滚落下来。它们一会儿弥漫开，一会儿聚拢起来，在这张被岁月摧残的脸上形成了一层水膜。还有教堂以及站在路边的村民，公墓那些坟上红色的天竺葵，佩雷兹的昏厥（就像是散了架的木偶），撒在妈妈棺木上的血红色泥土以及混杂于其中的白色树根，还有人群、话语声、村子、咖啡馆前的等待、马达无休止的轰鸣声，以及当公共汽车开进阿尔及尔灯火通明的城区时我心里的喜悦——我想到，我要去睡觉了，可以睡上十二个小时。

二

　　我醒来时才明白，为什么当我向老板请两天假时，他一副不高兴的样子：今天是星期六。实际上我忘了这一点，起床时才想起来。我的老板自然而然地便会想到，加上星期天，我就有四天的假期，这使他感到不快。不过，一方面，妈妈下葬是在昨天而不是今天，这并非我的错；另一方面，不管怎样，星期六和星期天本是我该有的休息日。当然，这并不妨碍我理解老板的心情。

　　我好不容易起了床，因为昨天一天太累了。刮脸的时候，我在琢磨着今天干吗：我决定去洗海水浴。我乘电车去了港口的海水浴场。在那里，我一头扎进水里。浴场里很多年轻人。在水里我看到了玛丽·嘉多娜，她以前是我办公室里的打字员，当时我便对她想入非非。我觉得，她对我也有意。但是，她没多久就离职了，我们没来得及更进一步发展。我帮她爬上一个浮标，在这个过程中，我轻拂过她的乳房。当她趴在浮标上的时候，我还在水里。她朝我转过身。她的头发遮到了眼睛，她笑了。我爬上浮标，挨在她旁边。天气很好，我开玩笑般将我的头往后仰，枕在她肚子上。她什么都没说，我就这样待着。我的眼里是整个天空，蔚蓝，泛着金光。在我脖子底下，我感到玛丽的肚子在轻微地起伏。我们在浮标上待了挺长时间，处于半睡眠状态。当阳光变得太过强烈，她钻进了水里，我跟着也下了水。我追上了她，用手搂住她的腰，我们一起游了起来。她老是在笑。当我们在岸上把身上擦干的时候，她对我说："我比你还黑。"我问她晚上想不想去看电影。她又笑了，对我说她想看一部费尔南戴尔[1]演的片子。当我们穿好衣服，她看到我系着一条黑领带，露出了非常惊讶的神色，她问我是否在戴孝。我对她说，我妈妈死了。她想知道是什么时候死的，我便回答说："昨天。"她后退了一小步，但却未做任何评论。我本想对她说，这不是我的错，但我忍住没说，因为我想起来我已经对老板说过话了。这句话毫无意义，不管怎样，人总会犯点儿错。

晚上，玛丽把这事全忘了。电影有些地方挺搞笑，不过真是太傻了。她的腿靠着我的腿，我抚摸着她的乳房。电影快结束时，我拥吻了她，但挺笨拙的。散场出来，她去了我那儿。

我醒来的时候，玛丽已经走了。她跟我解释过，她要去她姑姑家。我想到今天是星期天，这让我感到烦闷：我不喜欢星期天。于是我在床上翻了个身，在枕头上找寻玛丽的头发留下

1　译者注：费尔南戴尔（Fernandel，1903—1971），法国电影演员，擅长演喜剧。他拍摄过一百多部影片，其中包括《于松夫人的玫瑰》《凿井人之女》《阿里巴巴与四十大盗》等。

的咸味，我一直睡到了十点钟。然后，我依旧躺着抽了会儿烟，直到中午。我不想像往常一样去塞莱斯特的店里吃午饭，因为他们肯定会对我问东问西，我不喜欢这样。我煮了几个鸡蛋，就着盘子吃了，没搭配面包，因为我早把面包吃完了，而且我也不想下楼去买。

午饭之后，我有点无聊，在这套公寓里转悠。妈妈在这儿的时候，这一套住着正合适。现在对我一个人来说，它太大了，我不得不把餐厅的桌子搬到了我的房间。我的生活仅局限在这个房间里：几张有点凹陷的草垫椅子，一个镜子泛黄的衣橱，一个梳妆台以及一张铜床。其余的地方都弃之不用了。过了一会儿，为了找点什么事做做，我拿起一张旧报纸读了起来。我从这报纸上把克吕申盐业的广告剪了下来，将其贴到一本旧本子上——报纸上让我觉得逗趣的内容我都贴在这本子里。我又洗了洗手，最后，我来到阳台上。

我的房间朝着郊区的一条主街。下午天气晴朗，然而路面很脏，行人稀少，依然是匆匆忙忙。我首先看到了出来散步的家庭。两个小男孩穿着海魂衫和过膝的短裤，在这身硬邦邦的衣服里他们显得有点拘束。还有一个小女孩，头上扎了一个玫瑰色的大蝴蝶结，脚上穿着黑漆皮鞋。他们身后，是膀大腰圆的母亲，她穿着栗色的丝质连衣裙；父亲个头矮小，弱不禁风，我见过他。他戴着扁平窄边草帽，打着蝴蝶领结，拿着手杖。

在他妻子身边看到他，我便理解了，为什么在街区里大家说他文雅。一小会儿之后，一群郊区的年轻人经过。他们油头锃亮，打着红色领带，身着带有绣花小口袋的收腰西服，脚蹬方头皮鞋。我想他们是去市中心看电影，所以出来得这么早，高声欢笑着匆忙去赶电车。

他们过去之后，街上渐渐冷清了。我想，各场演出均已开始。街上只剩下那些店铺老板和那些猫。街边的榕树上方，天空清澈，但并不刺眼。对面的人行道上，烟草店的老板搬出一张椅子，放在门口，他跨坐在椅子上，双臂搁在椅背上。刚刚还挤满人的电车几乎一下子空了。在烟草店旁边那片叫"皮埃罗家"的小咖啡馆里，服务生在空荡荡的店里清扫木屑。这真是星期天的景象啊。

我把椅子调转过来，像烟草店老板那样放着，因为我觉得这样更舒服。我抽了两支烟，回房间拿了一块巧克力，又到窗前吃了起来。稍后，天空变得阴沉下来，我觉得要下一场夏天的暴雨了。然而，天又慢慢转晴了。但刚刚飘过的一片片乌云——如同要下雨的预告——使街道变得愈发昏暗。我望着天空，待了很久。

五点钟，一辆辆电车在嘈杂声中驶过来了。它们从郊区的体育场带回了成群的观众，他们有的站在踏板上，有的拉着扶手。跟在后面的电车载回来的是运动员，我是从他们的小手提箱认出来的。他们纵情地欢呼、高歌，嚷嚷着他们的俱乐部常胜不败。他们好几个冲我打着招呼，有一个甚至对我叫道："拿下他们喽。"我点点头，说："是的。"从这时候起，街上的小汽车开始蜂拥而至。

天色又暗了一点儿。屋顶上，天空变成了淡红色，随着夜幕降临，街上热闹起来。散步的人渐次地回来了。我在其他人中间认出了那位优雅的先生。孩子们哭泣着，或是被大人拖着往回走。几乎是刹那间，街区的电影院往街上倾泻出观众的人流。他们中的年轻人，举止比平时显得更为果敢，我想他们看的是一部冒险片。那些从市区电影院回来的人到得则更晚一些。他们似乎显得更为庄重。他们仍在欢笑，但时不时地会显出疲态，会走神。他们待在街上，在对面的人行道上来来回回地走着。街区的年轻姑娘们，披着头发，挽着胳膊待在街边。年轻小伙子们设法和她们擦身而过，说些玩笑话，她们一边笑着一边转过头去。我认识她们中的好几个——她们跟我打了招呼。

路灯忽然之间全亮了，夜空中初升的星星因此变得黯然失色。望着这充斥着路人与灯光的人行道，我觉得我的眼睛很疲劳。路灯照亮了潮湿的路面和定时驶过的电车，也将其反光映在发亮的头发、某个微笑或者某只银镯子上。过了片刻，电车更少了，树梢上和路灯上的夜色已经变得漆黑一片，街区在不知不觉中已空无一物，直到第一只猫慢慢地穿过已经空荡荡的街道。

我于是想，该吃晚饭了。长时间地撑在椅背上，我的脖子有点痛。我下了楼，买了些面包和意大利面，我张罗了自己的晚饭，站着吃掉了。我想到窗口抽支烟，但天变凉了，我有点冷。我关上了窗，回身时在镜子里看到，桌子的一头放着我的酒精灯，旁边是几片面包。我想，这照旧是个熬了过去的星期天，如今妈妈已经入土，我又要回去上班，总之，没有任何变化。

三

　　今天我在办公室工作得很认真。老板和蔼可亲。他问我是否太累，他还想知道妈妈多大年纪。为了不出错，我说"六十多岁吧"。我不知道，为什么他露出了欣慰的表情，并且认为这件事总算结束了。

　　我的桌子上堆了一摞提货单，我必须把它们全处理完。在离开办公室去吃午饭之前，我洗了手。中午，我很享受洗手的这一刻。晚上，我就觉得没那么愉快了，因为公用的转动毛巾供人用了一整天，已完全湿掉了。有一天，我提请老板注意这个问题。他回答我说，他感到遗憾，但这毕竟是无足轻重的小事。我是稍晚一点儿在十二点半和埃马纽埃尔一起出来的，他在发货部工作。办公室朝着大海，我们看了会儿港口里在太阳炙烤下的货轮。这时，一辆卡车开了过来，带着铁链的噼啪作响声和马达的轰鸣声。埃马纽埃尔问我"要不要扒上去"，我就开始跑了起来。卡车超过了我们，我们冲上去猛追。我淹没在了噪声和灰尘之中。我什么都看不见了，只感受到这一通放纵的狂奔，周遭是绞车和机器、在地平线上晃动的桅杆以及我们跑过的一只只船体。我首先扒住了卡车，一跃而上。然后我帮埃马纽埃尔上车，坐下。我们气都快接不上了。卡车在码头高低不平的路面上颠簸，裹在尘土与阳光之中。埃马纽埃尔笑得喘不过气来。

我们汗流浃背地到了塞莱斯特的饭店。他一直在那儿，大腹便便，系着围裙，留着白色的小胡子。他问我是否"还过得去"。我对他说是的，并且说我饿了。我午饭吃得很快，又喝了咖啡。然后我回到家里，睡了一会儿，因为我葡萄酒喝得太多了。醒来的时候，我想抽烟。时间不早了，我跑着去赶一班电车。整个下午我都在干活。办公室里很热，傍晚出来时，我欣喜于回到了外面，慢慢地沿码头走着。天空是绿色的，我感到高兴。我还是直接回了家，因为我想炖些土豆。

上楼时，我在黑乎乎的楼梯上撞到了老萨拉马诺——跟我同一楼层的邻居。他牵着他的狗。他跟狗在一块儿相依为命已经八年了。我觉得，这只西班牙种猎犬得了一种红斑皮肤病，这病使它几乎掉光了所有的毛，身上布满了褐色的老皮和疮痂。由于长期和狗生活在一个小房间，老萨拉马诺最终变得跟它很像。他脸上有淡红色的痂盖，头上的黄毛稀稀拉拉。而狗呢，则从它的主人那儿学会了一种弓腰驼背的做派，口鼻伸向前，脖子紧绷着。他们似乎属于同一个种类，但却相互厌恶。每天两次，在上午十一点和下午六点，老头儿牵他的狗去散步。八

年来，他们并未改变过散步的路线。人们能看到他们沿里昂街[1]
溜达，那只狗拖着人走，直到老萨拉马诺被绊了一下。他于是
对狗又打又骂。狗吓得趴在地上，任由主人拖着。这时，该由
老头儿牵着它了。当狗忘了这些，它便再次拖着它的主人，再
次挨打挨骂。于是，他们双双待在人行道上，互相瞪着，狗带
着惧意，人带着恨意。天天如此。当狗要撒尿，老头儿不给它
时间，拽着它，这西班牙种猎犬就在它身后滴滴答答地撒上一
路。如果偶然地，狗尿在了房间里，它便又要挨打。这种样子
持续了有八年。塞莱斯特总说"这真是不幸"，但其实，没人
能够说得清。当我在楼梯上碰到萨拉马诺时，他正在骂他的狗。
他冲着狗说："混蛋！下流胚！"狗哀鸣着。我说："晚上好。"
但老头儿依旧在骂着。于是我问他，狗怎么惹他了。他没回答我。
他只是骂着："混蛋！下流胚！"他冲着狗俯下身去，我猜他
正在狗项圈上调整着什么。我提高了嗓门问他。然后他头也没回，
憋着火气回答我说："它老这样。"接着，他拖着这畜生就走了，
狗趴在地上被拖拽着，哼哼唧唧地呻吟。

　　正在这时，第二个跟我同楼层的邻居进来了。街区里传言，
他是吃软饭的。然而，当有人问起他的职业，他说是"仓库保

1　译者注：里昂街（la rue de Lyon）是小说里极少提到的地名中的一个，由此推断出默尔索的
公寓就在阿尔及尔的贝尔库尔街区（Belcourt），而加缪就是在这里长大的。这个名字使得整片
街区的面貌再次浮现，并重现了一种属于殖民时代晚期的生活风格。

管员"。总地说来，他并不讨喜。但他常跟我搭话，有时还会在我这里待上一会儿，因为我愿意听他聊。我觉得他说的东西挺有意思。此外，我没任何理由不跟他说话。他叫雷蒙·森泰斯。他个头相当矮，肩膀很宽，长着一只拳击手那样的鼻子。他总是穿得很得体。在谈到萨拉马诺的时候，他也对我说："真叫人遗憾！"他问我，这是否让我感到厌烦，我回答说没有。

我们上了楼，我正要跟他分开的时候，他对我说："我家里有香肠和酒。您愿意跟我一起吃点吗？……"我想，这样就省得我做饭了，我便接受了邀请。他也只有一个房间，附带一间没有窗子的厨房。在他床的上方，有一座白色和粉色的天使泥塑、一些体坛冠军的相片，还有两三张裸女照。房间脏兮兮的，床上乱七八糟。他先点上了煤油灯，然后从口袋里掏出不甚干净的绷带，包扎着他的右手。我问他怎么了，他对我说他跟一个家伙干了一架，那人在找他麻烦。

"您知道，默尔索先生，"他对我说，"我不是坏人，但我性子暴躁。那家伙，他对我说：'如果你是个男人，就从电车上下来。'我对他说：'一边去，不要闹腾。'他便说我不是男人。于是我下了车，对他说：'够了，好自为之，不然我把你揍扁了[1]。'他冲我应声说：'装什么蒜？'于是我就给他

1　译者注：此处原文动词是 mûrir，雷蒙这里的表述是一句阿尔及利亚俚语，其本义是"使成熟、果实长熟"，但其在俚语里是一个隐喻，意指会将对手打到瘫软，如同果实熟透了软塌塌的那样。

来了一下，他倒在地上。我想要把他扶起来，但他却在地上踢了我几脚。我用膝盖一下顶住他，抽了他两记耳光。他脸上都是血。我问他是不是够数。他对我说："够了。'"

说话的工夫，森泰斯把绷带缠好了。我坐到床上。他对我说："您看到了吧，我没去找他的碴儿，是他惹的我。"确实如此，我承认这点。他又向我表示，他正好想就此事征求我的意见，他说我是个爷们儿，有生活阅历，可以帮助他，他以后就是我的哥们儿。我什么都没说，他又问我是否愿意做他的哥们儿。我说我无所谓。他显出高兴的样子。他拿出了香肠，在平底锅上煎好，他又摆好杯盘、刀叉以及两瓶葡萄酒。这一切都是在静默中完成的。然后我们坐了下来。吃饭时，他开始给我讲他的故事。他一开始有点犹豫。"我认识了一位女士……可以说她就是我的情妇。"跟他打架的男人是这位女士的哥哥。他告诉我，他曾包养这位女士。我没做任何回应，他却立即补充说，他知道街区里的流言蜚语，但他问心无愧，他是仓库保管员。

"说回我这件事，"他对我说，"我发觉这是个骗局。"他给她刚够维持生活的经济资助。他自己替她付房租，每天还给她二十法郎的伙食费。"三百法郎的房租，六百法郎的伙食费，时不时地给她买买袜子，这就一千法郎了。这女人不工作。但她跟我说手头紧巴巴的，我给她的钱不够用。我对她说：'为什么你不去工作个半天呢？这样，在所有这些琐碎的花销方面，你便能让我轻松不少。这个月我给你买了一套衣服，我每天给你二十法郎，帮你付房租，而你呢，你一到下午就和你的女伴们喝咖啡。咖啡和糖都是你掏腰包请她们，而我则给你掏腰包。我待你不薄，你却报之以对我使坏心眼儿。'但她还是不工作，她总说她钱不够用，就这样我发觉其中有诈。"

他于是向我讲述，他在女人的包里发现了一张彩票，但她无法解释她是怎么买来的。不久之后，他在她那儿找到一张当票，这证明她典当了两只镯子。此前，他并不知道她有这两只镯子。"我明察秋毫，发现其中的欺骗行径。于是我把她甩了。不过，我先揍了她一顿。然后，我才揭穿她的老底。我对她说，她一心就想着从我这里骗取东西享乐。您想必理解，默尔索先生，我是这么跟她说的：'我让你享的福，大家有多羡慕，你竟然看不到。你以后会知道，你曾经身在福中。'"

他把女人一直揍到出血。以前他并不这样揍她。"我之前打她，可以说是蜻蜓点水。她稍稍一叫，我就关上百叶窗，总是就此收手。不过这回，我是动真格的了，我感觉对她的惩罚还不够。"

他又向我解释说，正因为此，他需要一些建议。他停了下来，去挑了挑烧干的灯芯。我则始终在听他说。我喝了大概有一升的酒，觉得太阳穴很烫。我抽着雷蒙的香烟，因为我自己的烟已经抽完了。最后几班电车驶过，带走了此刻从郊区渐渐远去的嘈杂声。雷蒙继续在说。令他烦恼的是，"他对他的姘头还有感情"，但是他想惩罚她。他一开始曾经想过，把她带到一个旅馆里，叫来风化警察，制造一桩丑闻，让她在局子里留下案底。后来，他向几个黑道上的朋友讨教，他们什么招儿都没找到。但正如雷蒙向我指出的那样，黑道还是很值得混的。他跟他们说了和这个女人的事，他们提议黥她的面、破她的相。但他不想这样，他得考虑考虑。在此之前，他想问我点儿事。而且在问我之前，他想知道我怎么看这件事。我回答说，我没什么看法，但这事挺有意思。他问我，是否认为这中间存在欺诈。我呢，觉得确实存在着欺诈。他又问我，是否觉得应该惩罚她，如果我是他我将怎么办。我对他说，这就永远无从知晓了，不过我理解他想惩罚她的心理。我又喝了点酒。他点了一支烟，向我吐露了他的想法。他想给这女人写封信，"既要像踹她一样让她觉得生疼，同时又要有些让她悔之不及的话"。这之后，如果她回来，他就跟她上床，"快要完事的时候"，他要朝她脸上吐唾沫，再将她逐出门外。我觉得，用这个办法，她其实算是受到了惩罚。但是，雷蒙对我说，他觉得自己没本事写这封信，他想请我代笔。因为我没吱声，他问我马上就动笔我会不会嫌烦，我说不会。

于是，他喝完了一杯酒，而后站了起来。他推开了餐盘和我们吃剩下的一点儿冷香肠。他仔细地擦了擦铺在桌上的漆布。

他从床头柜的一个抽屉里拿出了一张方格纸、一个黄信封、一支红木杆的蘸水笔管以及一个方瓶的紫色墨水。当他告诉我那个女人的名字时，我看出来她是个摩尔人。我写了信。这封信我写得有点随意，不过我尽量做到让雷蒙满意，因为我没有理由不让他满意。然后我高声地读了这封信。他一边听着我读信，一边抽着烟、点着头，之后他请我再读一遍。他完全满意了。他对我说："我就知道，你见多识广。"我一开始都没发现他在用"你"称呼我。直到他说"现在，你是我真正的哥们儿"，这称呼上的变化[1]让我一怔。他把这话又重复了一遍，我说："是的。"做不做他的哥们儿，我觉得无所谓，他看上去倒确实是想跟我交上朋友。他把信封好，我们喝完了酒，随后我们默默地抽了会儿烟。外面，万籁俱寂，我们听到一辆汽车驶过。我说："时间不早了。"雷蒙也这么认为。他发觉时间过得很快，在某种意义上，确实如此。我困了，但我却站不起身。我想必是一脸倦容，因为雷蒙对我说不要消沉。我起初没听明白。他于是向我解释说，他听说我妈妈过世了，但这是早晚都会发生的事。我也是这么看的。

我站起身，雷蒙跟我热烈地握手，并对我说，爷们儿之间总是有共鸣的。从他家里出来，我带上了门，我在楼道的一团

---

1 译者注：雷蒙开始对默尔索的称呼是"您"（vous），信写完了他则称呼默尔索为"你"（tu）。

漆黑中待了会儿。整栋房子静悄悄的，从楼梯井的深处升起一股潮湿且阴暗的气息。我只听到血液在我的耳朵里流过的嗡嗡声。我待着一动不动。但是，在老萨拉马诺的房间里，那只狗发出了低沉的呻吟。

四

　　一整个星期我都工作得很认真。雷蒙来过，对我说他已经把信寄出去了。我和埃马纽埃尔去看过两次电影，他总是看不懂屏幕上发生的剧情，我必须得向他做出解释才行。昨天是星期六，玛丽来了，我们约好的。我很想要她，因为她穿着漂亮的红白条纹连衣裙和皮质凉鞋。她坚挺的乳房隐约可见，日晒使她的面庞如花儿一般。我们乘上一辆公共汽车，去了距离阿尔及尔几公里之外的一处海滩，那里夹在悬崖峭壁之间，岸边是一排芦苇。下午四点的阳光不是很晒，但海水微温，有些持久且慵懒的细浪。玛丽教了我一个游戏，在游泳的时候，迎着浪尖喝口海水，统统含在嘴里，然后仰面朝上，将水喷向天空。于是，这便炮制出了一道泡沫形成的花边，消散在空中，或者又如温热的雨水洒落在脸上。不过玩了一阵子，海盐的苦咸把我的嘴烧得够呛。玛丽又游回我身边，在水里和我紧紧贴在一起。她把嘴对着我的嘴。她的舌头给我的嘴唇带来了清凉，我们在水里又翻滚了一会儿。

　　当我们在海滩上穿上衣服，玛丽看着我，眼眸闪耀。我拥吻了她。从这一刻起，我们没再说话。我搂着她，我们急着乘上了公共汽车，匆匆赶回了我那里，然后我们上了床。我开着窗，感觉到夏夜从我们古铜色的身体上流走，真是美好。

　　今天早晨，玛丽留下没走，我对她说我们一起吃午饭。我下楼去买肉。返回楼上时，我听到雷蒙房间里有女人的说话声。片刻之后，老萨拉马诺在吼他的狗，我们听到鞋子和爪子走过木制楼梯的声音，然后是咒骂声："混蛋！下流胚！"——他们出去到了街上。我对玛丽讲了这老头儿的事，她笑了。她穿了一件我的睡衣，卷着袖子。当她笑的时候，我又想要她了。过了一会儿，她问我爱不爱她。我回答她说，这毫无意义，但我觉得我并不爱她。她看上去挺伤心。但是在准备午饭的时候，没来由地，她又笑了，我因而又拥吻了她。正在这时，雷蒙的房间爆发出一阵争吵声。

　　起初我们听到女人尖厉的声音，之后雷蒙嚷嚷道："你顶撞我，你顶撞我 [1]。我来教教你怎么顶撞我。"几声闷响，女人大叫了起来，如此吓人的动静引得楼道里瞬间挤满了人。玛丽和我也出来了。女人依然在叫着，雷蒙则依然在打。玛丽对我说这真可怕，我没回话。她让我去找个警察来，我对她说我不喜欢警察。然而，三楼做白铁工的租客叫来了一个警察。警察

<hr />

1　译者注：原文是 tu m'as manqué，这是阿尔及利亚俚语，突出了雷蒙此人的语言特点。语句意思为"你用这种恶劣的反应对我""你做了伤我的事情"，表达出他实施报复的理由。

敲着门，里面没声音了。警察把门敲得更响了。过了片刻，女人哭了起来，雷蒙开了门。他嘴里叼着一支烟，一副虚与委蛇的样子。那女人冲到门口，向警察诉称雷蒙打她。"你的名字。"警察问道。雷蒙回答了。"跟我说话的时候，把你嘴里的烟拿掉。"警察说。雷蒙犹豫着，看了我一眼，又猛吸了一口烟。这时，警察使足了劲儿，对着雷蒙的脸结结实实甩了一记耳光。香烟掉到了几米开外。雷蒙脸色一变，但他当时什么都没说，之后他以一种谦卑的口气问，他是否可以把烟头捡起来。警察说雷蒙可以这么做，他又补充说："不过下一回，你得知道警察可不是布袋木偶。"在此期间，那女人哭哭啼啼，反复说着："他打我。他就是个龟公。"雷蒙问道："警察先生，说一个男人是龟公这合法吗？"但警察命令他"闭嘴"。于是雷蒙转向那女人，对她说："等着吧，小娘儿们，我们后会有期。"警察命令他就此打住，说女人得离开，而雷蒙则待在房间等待警局传唤。他补充说，雷蒙醉得像筛糠似的哆嗦，应该感到羞耻。这时，雷蒙向他解释说："我没醉，警察先生。我只是在您面前就哆嗦了，这是身不由己的。"他关上门，大家都散了。玛丽和我把午饭做好了。但是她不饿，我几乎把东西全吃了。她下午一点走的，我睡了会儿。

将近下午三点，有人在敲我的门，雷蒙进来了。我躺着，他坐在我的床边。他待了一会儿没说话，我便问他，今天这事怎么发生的。他对我说，他做了他想做的，但那女人给了他一记耳光，于是他就揍了她。剩下的事，我都看到了。我对他说，我觉得她现在已受到了惩罚，他应该感到满意。他也是这么想的，而且他注意到，警察过来也是白费，他并不能改变这女人被饱以老拳的事实。他补充说，他很了解警察，并且知道该如何跟他们打交道。他又问我，我是否等着他对警察的耳光予以回击。我回答说，我根本没这个期待，另外我并不喜欢警察。雷蒙看上去很高兴。他问我是否愿意跟他一起出去。我从床上起来，开始梳头。他对我说，我得给他做个证人。我无所谓，不过我不知道我该说什么。据雷蒙说，只要申明那女人顶撞了他就够了。我同意给他作证。

我们出去了，雷蒙请我喝了一杯白兰地。之后他想打一局台球，结果我惜败。然后他想去逛窑子，但是我拒绝了，因为我不好这口。于是我们慢悠悠地返回，他对我说，成功地惩罚了他的情妇，他是多么高兴。我觉得他对我很亲切，我想，这是美好的一刻。

远远地，我看到老萨拉马诺待在门口，神色焦躁不安。当我们走近之后，我看到他的狗没了。他转来转去，朝各处张望着，他试图看清过道里黑魆魆的地方，嘴里前言不搭后语地嘟囔着，并且又开始用他红色的小眼睛搜索着街道。当雷蒙问他怎么了，他没有马上回答。我隐约听到他低声骂着："混蛋！下流胚！"

他依然焦躁不安。我问他狗在哪儿。他生硬地回答我说，狗跑了。然后，他突然一下子便滔滔不绝地说："我跟往常一样，把它带到了校场。集市的木棚子周围有很多人。我停下来看《逃生之王》的表演。当我准备走的时候，狗不在了。当然，我早就想给它买个更小点的项圈。但我从没想过，这下流胚会这么跑掉。"

于是雷蒙跟他解释说，狗可能迷路了，它会回来的。雷蒙向他举了一些狗的例子，它们走了几十公里，为的是找到主人。尽管如此，老头儿看上去却更焦躁了。"但是你们知道，他们会把它抓走的。如果有人收养它就好了。但这是不可能的，它身上的疮痂令所有人都对它感到嫌恶。警察会把它抓走，这是无疑的。"我又对他说，他应该去警察局招领处看看，支付一些费用，狗便会还给他的。他问我这些费用是不是很高。我不知道。于是，他发火了："为了这只下流胚去花钱。啊！它可以去死了！"他开始咒骂起了那只狗。雷蒙笑着进了楼里。我跟在他后面，我们在所住这一层的楼道里分开了。片刻之后，我听到了老头儿的脚步声，他来敲了我的门。我开了门，他在门口立了一会儿，对我说："对不起，对不起。"我请他进来，但他不愿意。他看着他的鞋尖，结痂的双手颤抖着。他没抬脸，问我说："您说，默尔索先生，他们不会从我这里把它抓走吧，他们会把它还给我的吧。不然我将怎么办呢？"我对他说，警

察局招领处会把收进去的狗留三天，以便主人来认领，这之后
他们就会便宜行事了。他沉默地看着我，然后他对我说："晚
安。"他关上了他的房门，我听到他在走来走去。他的床"嘎吱"
响了一声。透过隔墙传来奇怪又细微的声音，我听出他在哭泣。
我不知道为什么我想到了妈妈。但是明天我得早起。我并不饿，
我没吃晚饭就睡了。

五

雷蒙把电话打到了我办公室。他对我说，他的一个朋友（他曾对其提到过我）邀请我到其位于阿尔及尔附近的海滨木屋过星期天。我回答说我很愿意去，不过我已经和一个女性朋友有约了。雷蒙立刻对我说，他朋友也邀请我的这位朋友。他朋友的妻子将会很高兴，有个女伴就不用一个人待在一堆男人中间。

我想马上挂了电话，因为我知道，老板不喜欢有人从城里给我们打电话。但是雷蒙却让我等等，他对我说他本可以晚上向我转达这个邀请，不过他想告诉我另外的事情。他一整天都被一伙阿拉伯人盯着梢——其中就有他之前的情妇的哥哥。"如果你今晚回家，在公寓附近看到这伙人，就告诉我一声。"我说就这么说定了。

一小会儿之后，老板派人来叫我；我当时被弄得有点不安，因为我在想，他会对我强调少打电话多干活。结果他说的根本不是这个。他向我表示，他要跟我谈一个还很模糊的计划。他只是想听听我对这个问题的意见。他打算在巴黎设立一个办事处，直接在当地处理和大公司的业务，他想知道我是否愿意去。

这计划将使我能去巴黎生活，而且一年里还能旅行一段时间。"你年纪轻，我觉得这应该是你喜欢的生活。"我回答说是的，不过说到底我无所谓。于是他问我，我是否对改变生活不抱什么兴趣。我回答说，我们从来改变不了生活，无论如何，所有的生活都差不多，我在这儿的生活并未让我不开心。他看上去不太高兴，对我说我总是答非所问，并且我没有雄心壮志，这在生意场上何其不幸。于是我回去工作了。我是不想让他扫兴的，但是我看不出有什么改变我生活的理由。仔细想来，我并非不幸。当我还是学生的时候，我曾经有过很多此类的雄心壮志。当我不得不辍学的时候，我很快便明白了，所有这些真没有多重要。

晚上，玛丽来找我，问我是否愿意和她结婚。我说我无所谓，如果她想结我们可以把这事办了。她想知道我是否爱她。我像上次那样回答她说，这毫无意义，不过我可能并不爱她。"那为什么娶我？"她问道。我向她解释，这无关紧要，如果她渴望婚姻，我们可以结婚。另外，这事是她提出来的，我只是说了句可以罢了。她视婚姻为一件大事。我则回答说："不。"她沉默了片刻，静静地看着我。然后，她开口了。她只是想知道，我是否会接受来自另一个女人的相同的提议——而我和这个女人的相处，就跟和她一样。我说："当然。"于是她自问是否爱我，而我对此无从知晓。又是一阵沉默之后，她低声说我怪怪的，大概因为这一点她爱上了我，但也许有一天她会因为同样的原因讨厌我。因为我缄默不语，并未接茬儿，她便笑着挽住我的胳膊，宣称她想和我结婚。我回复说，她什么时候愿意，我们就去结。我还对她讲了老板的提议，玛丽对我说，她很愿意去了解巴黎。我告诉她，我曾在巴黎生活过一段时间。她问我巴黎怎么样，我对她说："很脏。有鸽子，还有阴暗的院子。那里的人皮肤白皙。"

之后，我们出去走了走，从几条大街穿城而过。沿途的女人都很漂亮，我问玛丽是否注意到了。她对我说是的，她还说她理解我。有一阵儿，我们不再说话。然而我想她留下陪我，我对她说我们可以一起去塞莱斯特那里吃晚饭。她很想去，但是她有事。我们走到我住处附近，我跟她道别。她看着我问道："你不想知道我有什么事吗？"我很想知道，但我没想起来去问，正因如此她显出责怪我的样子。见我很尴尬的样子，她又笑了，整个身子朝我贴过来，给我送上了她的吻。

我在塞莱斯特那儿吃了晚饭。当一个奇怪的小个子女人进来的时候，我已经开始吃了，她问我能否坐在我这张桌子。她当然可以。她的动作急促且不连贯，小苹果般的脸上有一双明亮的眼睛。她脱掉了收腰小外套，坐下来，急不可耐地翻着菜单。她叫来了塞莱斯特，以一种既清晰又仓促的声音立刻点好了所有的菜。在等冷菜上来的时候，她打开包，从里面拿出一张小方纸和一支铅笔，事先把钱算好，然后从小钱包里掏出准确的数目——连小费也加上去了——放在她自己面前。这时，冷菜端上来了，她狼吞虎咽，迅速吃完。在等下一道菜的时候，她又从包里拿出一支蓝色铅笔，以及一本介绍本周无线电广播节目的杂志。她很仔细，一个一个地几乎将所有的节目都做了记号。由于这本杂志有十多页，她在整个用餐过程中都在细致地继续着这个工作。我已经吃完了，她依然在专心做着记号。之后，她站起身，以跟之前一样精准的机械动作穿上了她的收腰小外套，走了。因为我没什么事可干，我也出了门，尾随其后，跟了一会儿。她走在人行道的边上，又快又稳，令人难以置信，她径自往前走着，既没走偏，也不回头。终于，她在我的视线里消失了，我便往回走了。我觉得她是个古怪的人，不过我很快便把她忘了。

在我家门口，我看到了老萨拉马诺。我请他进了门，他告诉我，他的狗丢了，因为它没在警察局招领处。那里的工作人员对他说，可能狗被轧死了。他问是否可能在各警察分局弄清此事。他们回答他说，这类事情是不留记录的，因为每天都在发生。我对老萨拉马诺说，他可以另外养只狗，但是他有其道理，他提醒我注意，他已经习惯了有那只狗。

我蹲在我的床上，萨拉马诺则坐在桌子前的一张椅子上。他面对着我，双手搁在膝盖上。他戴着他那顶旧毡帽。他发黄的小胡子下面，嘴里含含糊糊地说着一些不成句式的只言片语。我感觉有些厌烦，但是我没什么事可干，而且我还没困。为了找话说，我便问起了他的狗。他对我说，他在妻子死后养了这只狗。他结婚相当晚。年轻的时候，他渴望从事戏剧：在军队系统里，他曾是部队滑稽剧团的演员。但最终，他进了铁路系统，他对此并不后悔，因为他现在有一小笔退休金。他和他妻子过得并不幸福，不过总的说来，他已经习惯了。当她死了之后，他觉得很孤单。于是，他便问车间里一个同事要了一只狗，当时这狗还很小，他必须用奶瓶喂它。因为狗的寿命比人要短，他们最终将一起老去。"它的脾气很坏，"萨拉马诺对我说，"我们时不时地要拌嘴。不过这仍然是一只好狗。"我说这狗是良种犬，萨拉马诺看上去挺开心。他又补充道："它生病之前，您还没见过它呢。它那身毛最漂亮了。"自从这只狗得了皮肤病之后，每个早晨和晚上，萨拉马诺都要给它涂药膏。不过在他看来，它真正的病是衰老，而衰老是无法治愈的。

这时，我打了个哈欠，老头儿便对我说他要走了。我对他说，他可以再待会儿，我对他的狗所遭遇的事感到遗憾。他对我表示感谢。他对我说，妈妈很喜欢他的狗。在提及妈妈时，他称之为"您可怜的母亲"。他所表达的猜测是，自从妈妈去世，我想必该是非常的不幸。我什么都没回答。于是他对我说——语速很快且神色尴尬——他知道街区里人们对我有非议，因为我把自己的母亲送进了养老院，但是他了解我，他知道我很爱妈妈。我回答说——我现在仍然不知道为什么这么回应——我迄今都不知道在这方面对我有非议，不过既然我没有足够的钱请人照顾妈妈，养老院对我而言是一个很自然的选择。我补充道："另外，很长时间以来她已经跟我无话可说，她自己一个人干待着也很无聊。""是啊，"老头儿对我说，"在养老院，至少能有些伴儿。"然后，他告辞了。他想去睡觉。他的生活现在已经发生了变化，他不太知道该怎么办。从我认识他起，他第一次悄悄向我伸出了手，我感觉到了他皮肤上的鳞屑。他微微一笑，临走前，他对我说："我希望今天夜里那些狗别叫。我总以为是我的狗在叫。"

六

    星期天，我睡得很死，玛丽不得不对我又喊又摇，才把我叫醒。我们没吃早饭，因为我想早点去洗海水浴。我感觉空落落的，头有点疼。我的香烟有一股苦味。玛丽嘲笑我，因为她说我"满脸愁云"。她穿了一件白布的连衣裙，头发披着。我对她说，她真漂亮，她开心地笑了。

    下楼时，我们去敲了雷蒙的门。他回应我们说他就下来。走到街上，因为我的疲倦，也因为我们没开百叶窗，已然充满阳光的白昼扑面而来，如同打了我一记耳光。玛丽高兴得蹦蹦跳跳，不停地说着天气真好。我感到好点儿了，我发觉我饿了。我把这感受跟玛丽说了，她给我看了她的漆布手提包，里面她放了我们的游泳衣和一条毛巾。我只有等着，我们听到雷蒙关上了他的门。他穿着蓝色长裤和短袖白衬衫。不过他戴了一顶扁平狭边草帽，这让玛丽笑了起来；他的前臂很白，上面长着黑色的汗毛。我对他这样子有点厌烦。他吹着口哨下楼，很高兴的样子。他对我说："你好，哥们儿。"他称呼玛丽为"小姐"。

    前一天我们去了警察分局，我证明那个女人"顶撞了"雷蒙。

他只受到一个警告就完事了。他们并未核实我的证明。在门口，我们跟雷蒙谈了头天的事，然后我们决定去乘公共汽车。海滩并不远，不过乘车的话会到得更快。雷蒙想着，他的朋友看到我们早早抵达会很高兴。我们正要出发，雷蒙突然示意我朝对面看。我看到一伙阿拉伯人靠在烟草店的橱窗上。他们静静地盯着我们，不过以他们盯住东西看的方式，我们如同是几块石头或几棵枯树。雷蒙对我说，左边第二个就是他说起过的那家伙——他看上去忧心忡忡。不过他又说，现在这是一桩已经了结的事情。玛丽不太明白，问我们怎么了。我对她说，这些阿拉伯人对雷蒙有怨气。她希望我们马上离开。雷蒙挺直了身子，他笑着说，得赶紧走。

我们朝公共汽车站走去，车站有点远，雷蒙告诉我，那些阿拉伯人没跟着我们。我回过头看了看。他们一直待在原地，以同样的漠然看着我们刚刚离开的地方。我们乘上了公共汽车。雷蒙似乎完全放松了下来，他不停地和玛丽开着玩笑。我感到他喜欢她，不过玛丽几乎没有搭理他。时不时地，她笑着看看他。

我们在阿尔及尔郊区下了车。海滩离公共汽车站不远。不过，去到那里必须穿过一个小高地，它俯临大海，随后朝着海滩呈一个向下的斜坡。高地上覆盖着淡黄色的石头和雪白的阿福花，映衬着湛蓝的天空。玛丽自娱自乐，甩着她的漆布手提包，将花瓣打得纷纷洒落。我们从成排的小别墅之间走过，这些别墅的栅栏呈绿色或白色，有几栋连着其阳台隐在柽柳树下，另外的几栋则光秃秃的，立在石头之中。在到达高地边缘之前，我们已经能看到一动不动的大海，以及更远处一个巨大的岬角，在清澈的水中似睡非睡。一阵轻微的马达声窜入宁静的空气，一直传到我们耳边。我们看到，很远处，一艘小型拖网渔船在耀眼的海面上正往前行驶——其速度慢到难以察觉。玛丽摘了几朵岩石上的鸢尾花。从朝向大海的斜坡上，我们看到，已经有几个人在洗海水浴了。

雷蒙的朋友住在海滩尽头的一座小木屋里。这木屋背靠悬崖，前面支撑它的木桩已经浸入了水里。雷蒙为我们双方做了介绍。他朋友叫马松。这是个身材高大、肩膀很宽的家伙，他妻子娇小、丰满、和蔼可亲，一口的巴黎口音。马松当即对我们说不要客气，他家有一些油炸鱼，鱼是他当天早晨捕的。我对他说，我觉得他的小木屋真漂亮。他告诉我，星期六、星期天以及所有的假日，他都是来这里过。他又说："你们跟我妻子会很合得来。"他妻子刚好和玛丽在说笑着。可能是第一次，我真的想要结婚了。

马松想去洗海水浴，但他妻子和雷蒙却不想去。我们三个出了小木屋，玛丽立刻就跳进了水里。马松和我等了一会儿。他说话慢条斯理，并且我注意到，他有个习惯，无论他说什么，都会加上一句"我甚至还要说"——而实际上，他对话语的意思并未做任何的补充。谈到玛丽，他对我说："她真不错，我甚至还要说，她真迷人。"接下去，我没再注意这个口头禅，因为我一心感受着阳光带给我的惬意。脚下的沙子开始变热了。我又克制了一下想下水的欲望，但我终于对马松说："下水吧？"我扎进了水里。他慢慢走进水里，当他的脚踩不到底了，他才扑进水里。他游蛙泳，游得很差，我便丢下他去和玛丽会合。海水清凉，我游得很畅快。我和玛丽一起游到很远，我们俩动作协调，一同感受着欢畅。

在宽阔的海面，我们仰浮着；我面朝天空，脸上那最后数层海水的薄纱被太阳蒸腾揭去——而有些水则流进了我的嘴里。我们看到马松返回了海滩，躺着晒太阳。远远地，他显得颇为庞大。玛丽希望我们一起游。我待在她身后，以便搂着她的腰，她用双臂划水往前游，我则用脚打水，协助她。轻轻的击水声在这个早上伴随着我们，直到我觉得累了。于是我放下玛丽，以正常的姿势游回去，呼吸也就均匀了。在海滩上，我趴在马松旁边，把脸埋进沙里。我对他说"真舒服"，他也是持同样的看法。过了一小会儿，玛丽过来了。我翻过身，看着她走近。她浑身沾满了海水，头发甩在后面。她跟我并排躺着，她的身体和太阳所散发的两道热力，让我有点眯着了。

玛丽摇醒了我，对我说马松已经回去了，该吃午饭了。我便马上站起身，因为我饿了，但玛丽跟我说，我从今天早晨起一直没拥吻过她。确实如此，不过我也想拥吻她了。"来，到水里吧。"她对我说。我们往前奔跑，投身于第一波涌来的细浪。我们用蛙泳游了几下，她往我身上贴了过来。我感到她的腿缠着我的腿，我想要她。

当我们返回时，马松已经在叫我们了。我说我很饿，他立即告诉他妻子，他喜欢我这样。面包很好吃，我狼吞虎咽地吃掉了我那份鱼。接着还有肉和炸土豆。我们都一声不吭地吃着。马松总在喝酒，他也不停地给我倒酒。上咖啡的时候，我的头有点昏昏沉沉了，我抽了很多烟。马松、雷蒙和我，打算八月份一起再到海边来，费用共同承担。玛丽突然对我们说："你们知道几点钟了吗？才十一点半。"我们都很惊讶，不过马松说我们的饭是吃得太早，这也合情合理，因为肚子饿的时候就是饭点。我不知道为什么这话会让玛丽笑了起来。我觉得她喝得有点太多了。于是马松问我，是否愿意跟他一起到海滩散步。"我妻子在午饭之后总要睡午觉。我呢，不喜欢睡午觉。我得走走。我一直对她说，走走更健康。但是，这毕竟是她的权利。"玛丽说，她要留下帮马松太太洗碗碟。那个娇小的巴黎女人说，这样的话，必须把男人们都打发出去。我们三个便都下去了。

阳光几乎直射在沙滩上，它在海面上的反射光让人睁不开眼。海滩上空无一人。建在高地边缘、俯瞰着大海的那些海滨木屋里，传出了刀叉、餐盘的声响。石头的热气从地面往上蹿，令人喘不过气。开始，雷蒙和马松谈了些我不知道的人和事。我明白，他们认识很久了，甚至一度在一起生活过。我们朝海水走去，沿海边走着。有时，一波比别的浪头冲得更远的海浪会打湿我们的布鞋。我什么都不想，因为太阳照在我没有遮挡的头上，令我处于半睡眠状态。

这时，雷蒙对马松说了句什么，我没听清。不过与此同时，我注意到，在海滩尽头，离我们很远的地方，两个穿着蓝色司炉工作服的阿拉伯人朝我们走来。我看了看雷蒙，他对我说："就是他。"我们继续往前走。马松问，他们怎么会一直跟着我们到这里的。我想，他们应该是看到我们带着一只海滩上用的包上了公共汽车，但是我什么都没说。

阿拉伯人慢慢往前走着，他们已经很接近我们了。我们并未改变步伐，不过雷蒙说："万一打起来，马松，你招呼第二个。我负责对付找我碴儿的那家伙。默尔索，如果再来一个，就交给你了。"我说："好。"马松把手插进了口袋。热得过了头的沙子现在让我感觉似乎烧红了。我们迈着同样的步子走向阿拉伯人。我们之间的距离在逐步递减。当我们双方相距不过几步远的时候，阿拉伯人停下了。马松和我放缓了脚步。雷蒙径直朝他的对头走去。我没听清雷蒙对那个人说了什么，但那人露出了要对他动手的样子。于是雷蒙打出了第一拳，并当即召唤了一声马松。马松直奔指定给他的那个人，用尽全力，狠揍了两下。那个阿拉伯人脸朝下栽倒在水里，这样过了几秒钟，他脑袋周围的水面上冒出了气泡。这时候，雷蒙也在大打出手，他那个对手脸上都是血。雷蒙朝我转过身说："你看看他准备掏什么。"我对他叫道："小心，他有刀！"但雷蒙的手臂已然被划开，嘴上也被割了一道。

马松往前一跳。但另一个被打趴的阿拉伯人已经站了起来，躲到了拿刀的那人身后。我们不敢动了。他们慢慢地后退，紧紧地盯着我们，并始终用刀对我们保持着威慑。当他们看到已经拉开足够的距离，他们飞快地逃走了，而我们则僵在太阳底下，雷蒙紧紧地握着他流血的手臂。

马松立刻说，有个医生总到小高地上来过星期天。雷蒙马上就想去。但每当他开口说话，他嘴上的伤口便汩汩地冒着血泡。我们搀着他，尽可能快地回到了海滨木屋。在那儿，雷蒙说他的伤口不深，他可以去医生那里。他和马松一起去了，我留下向女人们解释发生了什么。马松太太哭了，而玛丽则脸色苍白。跟她们讲述这事让我感到厌烦。我终于默不作声，一边抽着烟，一边眺望着大海。

将近一点半，雷蒙和马松回来了。他的手臂包扎了，嘴角贴了胶布。医生对他说这伤没什么，不过雷蒙的脸色很阴郁。马松试着逗他笑，但他老是不说话。当他说要下到海滩去，我便问他，他要去哪儿。马松和我都说，我们陪着他。于是他发火了，骂了我们一通。马松说不必让他不快。我却还是跟着他出去了。

我们在海滩上走了很长时间。此时阳光酷烈，道道光芒炙烤着沙子和海面。我感觉雷蒙知道他要去哪儿，不过这可能是错觉。在海滩的尽头，我们最终抵达一处小的泉眼，泉水在一块大岩石后面的沙地上流淌。正是在那儿，我们发现了那两个阿拉伯人。他们躺着，身穿油腻腻的蓝色司炉工作服。他们显得很平静，几近高兴的样子。我们的到来并未让他们有任何变化。伤了雷蒙的那人闷声不响地看着雷蒙。另一个家伙瞥了我们一眼，用一截小小的芦苇不停地重复吹着他从这件"乐器"里捣鼓出的三个音符。

此时此刻，只有阳光与这寂静，以及泉水淙淙和那三个音符。随后，雷蒙的手伸进口袋去摸枪，但对方没有动弹，他们一直对视着。我注意到，吹奏的那家伙脚趾分得很开。雷蒙的眼睛就没离开过他的对手，他问我："我毙了他怎么样？"我想，要是我说不，他自顾自暴躁起来，肯定会开枪。我只是对他说："他还没对你吱声呢，这样就开枪显得不光彩。"在寂静与酷热之中，我们又听到轻轻的水流声和芦苇笛声。之后雷蒙说："那么，我来骂他，当他一还口，我就毙了他。"我回答说："就这么着。不过如果他不掏出刀子，你就不能开枪。"雷蒙开始有点怒了。那个家伙还在吹奏，他们两个都观察着雷蒙的一举一动。"别动枪，"我对雷蒙说，"一对一跟他单挑，把你的手枪给我。如果另一个家伙上来助拳，或者他动刀子，我就把他毙了。"

当雷蒙把他的手枪给我的时候，阳光从它上面一闪而过。然而，我们仍然待在那儿一动不动，似乎周围的一切将我们封闭了起来。我们双方瞪直了眼睛互相盯着，在大海、沙滩、阳光以及芦苇笛和泉水衬出的寂静之间，一切似乎都停顿了。此刻，我思忖着，我可以开枪，或者不开枪。但突然间，两个阿拉伯人往后退，溜到了大岩石的后面。雷蒙和我便往回走。雷蒙显得舒心多了，他谈起了回去的公共汽车。

我陪他一直走到了海滨木屋。当他登上木梯子时，我还待在第一个阶梯前面，脑袋被太阳晒得嗡嗡作响，眼下必须得费劲地爬楼，然后又要跟女人们说话，这亦令我感到气馁。天气如此的炎热，即便待着纹丝不动，耀眼的阳光从天空倾泻而下，也让我觉得难以忍受。待在这儿或是动身走走，这都是一样的。片刻之后，我返身朝海滩走去。

依然骄阳似火。细浪拍上沙滩，全是大海急促而压抑的喘息。我慢慢地走向那片岩石，我感觉自己的额头在阳光下晒得发胀。所有这些炽热都朝我压来，阻止着我的前行。每当我感到热浪扑面，我便咬紧牙关，在裤兜里握紧拳头，绷紧全身，以战胜太阳，战胜它带给我的这股说不清道不明的醉意。从沙子、白色贝壳或是玻璃碎片迸发出的每一道如利剑般的反光，都令我牙关紧闭。我走了很长时间。

我从远处看到了那一小堆深色的岩石，它被笼罩在阳光与海上尘埃所生成的一道耀眼光晕之中。我想到了大岩石背后清凉的泉水。我渴望重温潺潺的水声，渴望逃避太阳、烈日下的硬撑和女人的泪水，渴望最终找到阴凉之处，休憩一番。但是当我走近时，我看到雷蒙的对头已经回来了。

他独自一人。他仰面躺着，双手枕在脑后，面孔在岩石的阴影里，整个身体都暴露在阳光下。他蓝色的司炉工作服在热气中蒸腾。我有些意外。对我来说，打架的事已经结束了，我来这里并未想起这茬儿。

他一看见我，便稍稍直起身，并且把手放进了他的兜里。我呢，自然而然地就握住了我的上衣口袋里雷蒙的那把手枪。于是，他重新又往后躺了下去，但是手却没有从他的兜里抽出来。我离他相当远，约莫有十来米。我猜得出，他不时地眯缝着眼睛看着我。不过更多的时候，他的面容在我眼前正燃烧着的空气中跳动。海浪的声音越发慵懒，比中午时分更为平静。还是同一轮太阳，同一波阳光照射在延伸至此的同一片沙滩上。已经有两个钟头，日头就没往前动过，这两个钟头，白昼仿佛在沸腾的金属海洋中抛下了锚。地平线上，一艘小汽船驶过，我是从视野边缘一个黑点得出的这个判断，因为我正一刻不停地盯着那个阿拉伯人。

我想，我只要做到向后转，这事就会结束。但被阳光烤得发颤的整个海滩，在我身后顶着我。我朝泉水走了几步。阿拉伯人没动弹。不管怎样，他还是离我够远的。或许是由于他脸上的阴影，他似乎在笑。我等待着。太阳晒得我的脸颊发烫，我感觉自己眉毛上积满了汗珠。这太阳与我安葬妈妈那天的太阳别无二致，跟那天一样，我的前额尤其难受，所有的血管都一起在皮肤下面跳动。因为我无法再忍受这灼热，我便往前移动了一下。我知道这很愚蠢，往前挪一步我并不能摆脱太阳。但我迈了一步，往前只迈了一步。这次，阿拉伯人没再直起身，他抽出了他的刀子，在阳光下对向了我。光线在钢刃上的反射如同一柄闪耀的长剑，直刺我的前额。就在同一刻，我眉毛上积攒的汗水一下子流到了眼皮上，给眼睛蒙上了厚厚一层温热的水帘。在这道水分与盐分交织的帘子后面，我的眼睛什么都看不见。我只觉得太阳如铙钹一般在我的前额轰鸣不止，此外，刀子所迸发的夺目锋芒朦朦胧胧地始终在我面前晃动。这灼热之剑侵入我的睫毛，刺得我的眼睛生疼。于是，一切都开始摇晃。大海呼出了一口气，厚重且炽热。我觉得天门洞开，烈火得以倾泻而下。我整个人都绷紧了，手里紧握着那把手枪。扳机扣动，我触碰到了光滑的枪柄，一瞬间，在生硬干涩又震耳欲聋的枪声中，一切就此开始。我抖掉了汗水和阳光。我知道，我打破了这一天的均衡，打破了海滩上异常的寂静——在这海滩上，我曾是幸福的。接着，我又对着那具毫无生气的尸体开了四枪，子弹打进去就看不见了。这好似我在厄运之门上急促地敲了四下。

第二部

一

　　我被捕之后，马上就被审讯了好几次。不过，这些涉及的是持续时间并不长的身份查问。第一次在警察分局，似乎没人对我的案子感兴趣。八天之后，预审法官倒是好奇地打量了我一通。但一开始，他仅仅问了我的名字、住址、职业以及我出生的时间和地点。然后，他想知道我是否选好了律师。我确认没请律师，并且我问他，是不是必须请一位。"为什么这么问？"他说。我回答说，我觉得我的案子很简单。他笑着说："这是一种看法。然而，法律摆在那儿。如果您不请律师，我们将给您指定一位。"我觉得司法部门都关照到了这些细节，真是非常方便。我对他说了这个想法。他对我表示赞同，并且下结论说法律制定得很好。

　　起初，我没把他当回事儿。他是在一个挂着窗帘的房间里见我的，他的办公桌上只有一盏灯，照亮了他让我坐的那把扶手椅，而他自己则待在阴影里。我在一些书里读到过类似的描写，这些于我而言如同一场游戏。相反地，在我们谈话之后，我打量了他——一个面目清秀的男人，一双深陷的蓝色眼睛，个头高大，留着长长的灰色小胡子，一头浓密的头发几乎白了。我觉得他很通情达理，总的说来令人颇有好感，尽管时而有些神经性抽搐——这会导致他撇嘴。出去的时候，我甚至想跟他握手，但我及时想起，自己是杀过人的。

次日，一位律师到监狱来见我。他身材矮胖，相当年轻，头发梳得整整齐齐。尽管很热（我没穿外衣），他却穿了一套深色西服，一件小角领[1]的衬衫，还戴了一条怪怪的黑白粗条纹的领带。他把夹在腋下的公文包放在我床上，做了自我介绍，并对我说，他已经研究了我的案卷。我的案子很棘手，不过如果我信任他，他相信会胜诉。我对他表示感谢，他对我说："我们来谈谈要紧的问题吧。"

他坐到了我床上，对我解释说，他们已经对我的私人生活做了一番了解。他们知道，我母亲最近在养老院去世了。他们于是去马朗戈进行了调查。预审法官们获悉，妈妈下葬的那天，"我显得无动于衷"。我的律师对我说："请您理解，问您这件事让我有点为难，但是这很重要。如果我找不到什么去辩护的话，这将是起诉您的一个重点依据。"他希望我协助他。他问我，葬礼那天我是否感到难过。这个问题使我大为惊讶，我觉得如果要是我提出这个问题，我会非常尴尬。然而我回答说，

---

1 译者注：小角领，有时也叫翼领、翼型领，原文是 un col cassé。它是男式衬衫的一种领型，样子是领口处为小三角形的硬翻领，主要配领结，这样的穿着用于出席一些隆重的场合。

我已经有点丧失了扪心自问的习惯，我很难向他提供有关情况。毫无疑问，我很爱妈妈，但这说明不了什么。所有心智健全的人或多或少都期望过他们所爱的人死去。说到这里，律师打断了我，他显得很不安。他要我保证，不要在庭审时说这些，也不要在预审法官那里说。不过，我向他解释，我有一种天性，就是我的生理需要经常干扰我的情感。安葬妈妈的那天，我太累了，困得不行，因此我未能体会当时所发生的林林总总。我可以肯定地说，我情愿妈妈没有死。但是我的律师看上去并不高兴，他对我说："这还不够。"

他思忖了一下。他问我，他是否可以说那天我控制住了我自然的情感。我对他说："不，因为这不是实情。"他用一种奇怪的方式看了我一眼，似乎我有点引起他的厌烦。他几乎是带着恶意对我说，无论发生什么情况，养老院的院长和工作人员铁定会作为出庭证人，这会让我吃大亏。我对他指出，这些事和我的案子没有关系，但他只是回答说，很明显我从未和司法机关打过交道。

他一脸恼火地走了。我真想留住他，向他解释：我渴望他的同情，并非为了得到更好的辩护，而是——如果我可以这么说的话——发乎自然的一种表现。尤其是，我看出来我令他感到不痛快。他没有理解我，他对我有点抱怨。我想向他表明，我跟大家一样，绝对跟大家一样。但是，说这些实际上也没多大用，而且我也懒得去说。

　　没多久之后，我再次被带到了预审法官面前。那是下午两点，这回他的办公室光线充足，透过一层纱帘之后刚好显得柔和了些。天气很热。他让我坐下，并且彬彬有礼地告诉我，我的律师"由于一种意外情况"不能前来。不过，我有权不回答他的问题，并等我的律师来协助我时再说。我说，我可以独自作答。他用手指揿了桌上的按钮。一个年轻的书记员进来了，几乎正坐在我背后。

　　我和预审法官都舒适地坐在扶手椅里。审讯开始。他首先说，人们把我描述为一个沉默寡言、性格沉闷的人，他想知道我对此有何看法。我回答说："这是因为我没什么要紧的事可说，于是我就不吱声。"他像第一次那样微笑着，承认这是最好的理由，又补充说："另外，这也无关紧要。"他缄默着，看着我，然后颇为突然地挺直身子，很迅速地对我说："让我感兴趣的，是您本人。"我不太明白他所说的意思，什么都没回答。他又说："在您的行为中，有些事情我没弄明白。我相信，您会帮我去理解。"我说一切都很简单。他敦促我把那天的事再给他复述一遍。我便把已经对他讲过的东西又讲了一遍：雷蒙，海滩，海水浴，掐架，又是海滩，小泉眼，太阳，还有开了五枪。我每说一句，他都说："好，好。"当我说到躺在地上的尸体，他赞同地说道："好的。"而我呢，就这样被拖着重复一个同样的故事，我觉得自己从未说过这么多的话。

一阵沉默之后，他站起来对我说，他想帮我，他对我感兴趣，有上帝的护佑相助，他可以为我做点什么。不过在此之前，他还是想向我提几个问题。他没兜圈子，直接问我是否爱妈妈。我说："爱，就像大家一样。"书记员此前在打字机上一直敲击得很有规律，这时他应该按错了键，因为他一通忙乱，不得不退回去重打。依然是缺乏明显的逻辑，预审法官又问我，是否我连续开了五枪。我思索了一下，然后明确说，我先是只开了一枪，几秒后才开了另外四枪。"您为什么在第一枪和第二枪之间要等一等？"他于是问道。我眼前又一次地出现了火红的海滩，我的前额又感觉到了太阳的炙烤。但是这次，我什么都没回答。接着是一阵沉默，预审法官显得焦躁不安。他坐了下来，胡乱地撸着头发，把胳膊肘支在办公桌上，身体稍稍往我这边倾，以一种古怪的神色问道："为什么，为什么您往地上的一具尸体开枪呢？"对于这个问题，我也不知如何作答。预审法官用双手撑着额头，声音都有些变了，重复着他的问题："为什么？您必须告诉我。为什么？"我始终沉默不语。

突然，他站起身，大步走向办公室的尽头，拉开文件柜的一个抽屉。他从里面取出一个银质的带耶稣像的十字架，一面挥舞着，一面朝我走来。他用一种截然不同、几乎是颤抖的声音嚷嚷道："您认得这个东西吗？"我说："认得，当然认得。"

于是，他十分迅速又热情洋溢地对我说，他信天主，他坚信——任何人再怎么有罪，天主都不会不宽恕他，但是为了得到宽恕，人必须通过忏悔变得如同孩子一样，心灵一片澄明虚空，准备接受一切。他整个地俯身在桌子上。他几乎在我的头上挥舞着十字架。说实话，我很难理解他的长篇大论，首先是因为我感到很热，他的办公室里有几只大苍蝇停在我脸上，而且也因为他让我有点害怕。我同时意识到，这很可笑，因为毕竟我才是罪犯。他还在继续说。我大致明白了，在他看来，我的供认中只有一点难以理解，那就是我等了会儿才开第二枪这一事实。其他的都很好，但这一点，他想不通。

我刚要对他说，拘泥于这个疑问是错误的，最后这点并非如此重要。但是他打断了我，最后一次对我进行劝告，他挺直了身子问我，是否信仰天主。我回答说不信。他愤然坐下。他对我说，这是不可能的，所有人都信仰天主，即便是那些背离天主的人。这就是他的信念所在，一旦他对此有所怀疑，他的生活将不再具有意义。他叫喊道："您希望我的生活失去意义吗？"在我看来，这跟我没关系，我把这意思对他说了。但是，他已经将十字架上的基督从桌子那头杵到了我的眼皮底下，并且毫无理性地叫道："我，我是基督徒。我请求基督宽恕你的错误。你怎么能不相信他是为你而遭受痛苦？"我清楚地注意到，他在用"你"称呼我，不过对他那些带"您"的说辞我已经受够了。办公室里越来越热。跟往常一样,当我勉为其难地听着某个人说话,又想要摆脱他时,我就装出赞成的样子。出乎我的意料,对我这样子他洋洋得意地说:"你看,你看。你不是信了吗?你不是要把真心话告诉他吗?"当然,我又一次地说了"不"。他再度往扶手椅里一倒。

他显得很疲惫。他静静地待了会儿,在这段时间里,一直跟着我们谈话的打字机,还在打最后的那几句话。然后,他带着些许伤心,专注地盯着我。他低声说:"我从未见过像您这样冥顽不化的灵魂。来到我面前的罪犯,在这受苦的形象前都会痛哭的。"我打算回答,这正是因为他们是罪犯。但我想到,我自己也跟他们一样。这是一个我还没能习惯的概念。预审法官于是站了起来,仿佛是向我告知,审讯结束。他的样子有点乏了,只是问我是否对自己的行为感到后悔。我想了想说,与其说真正的悔恨,不如说我体验到某种厌倦。我觉得他没有听懂我的话。但那天的事情亦就此收场。

后来,我时常见到预审法官。只不过,每次我都是由我的律师陪同。他们仅仅是让我就之前陈述的某些点再加以明确,或者是预审法官与我的律师讨论控告我的罪名。不过,在这些时候,他们确实从未关心过我。不管怎样,审讯的调子渐渐地变了。预审法官似乎不再对我感兴趣,他似乎已经用某种方式将我的案子结了。他不再跟我谈论上帝,我也再没有看到他像第一天那样激动。结果，我们的交谈变得更为真诚。提出几个问题，和我的律师略微谈一谈，这些审讯便告结束了。按照预审法官的说法，我的案子在照常进行。有几回，当谈话涉及的是一般性问题，他们也让我参与其中。我开始感到宽慰。在这些时候，没人对我狠声恶气。一切都如此自然，如此有条不紊，如此恰到好处地被演绎着，以至于我产生了"亲如一家"的滑稽感觉。持续了十一个月的预审到了尾声，我可以说：我感到惊讶的是，我从未像这个阶段少有的几个瞬间那样高兴过——预审法官每次把我送到他办公室门口，拍拍我的肩膀，由衷地对我说："今天就到这儿，反基督先生。"于是，他们把我交由警察带走。

二

　　有些事我从不喜欢提及。当我被关进监狱，几天之后我便意识到，我将不会喜欢谈论我生活中的这一部分。

　　后来，我不再觉得这种反感有甚要紧。实际上，最初的几天我并非真像身陷囹圄：我在隐约等待着某个新的事件发生。只是在玛丽第一次也是唯一的一次探监之后，监狱里的一切方才开始。一天，我收到了她的来信（她对我说，他们不再准许她来，因为她不是我的妻子），从那天起，我感觉在我的单人牢房里就像是在我家里，我的生活将在此终结。我被捕的那天，先被关在一个房间里，那里已经有几个犯人，大多数是阿拉伯人。他们看到我都笑了起来。然后，他们问我犯了什么事。我说我杀了一个阿拉伯人，他们便不吱声了。不过一会儿之后，夜色降临。他们跟我解释，如何铺我睡觉的席子——将一头卷起来，可以当成一个长枕头。整个夜里，几只臭虫在我的脸上爬来爬去。几天之后，我被独自关进了单人牢房，睡在一张木板床上，此外我还有一个木制便桶和一个铁制脸盆。监狱在城市的高处，从一扇小小的窗户，我能看到大海。一天，我正抓着铁窗的栅栏，脸朝着阳光，一个看守进来对我说，有人来探监。我想这人是玛丽——果然是她。

　　为了去接待室，我穿过了一条长长的走廊，然后经过一段楼梯，再穿过另一道走廊。我走进一间非常宽敞的大厅，一扇大窗户使其光线透亮。大厅从长度上被两道栅栏隔成了三部分。在两道栅栏之间有八到十米的距离，将探监者和囚犯隔开。我看到玛丽在我的对面，穿着带条纹的连衣裙，脸晒黑了。在我这边，有十来个犯人，大多数是阿拉伯人。玛丽周围都是摩尔人，她夹在两个女人中间：一个矮小的老妇人嘴唇紧闭，穿着黑衣；另一个没戴帽子的胖女人嗓门很大，指手画脚的。由于栅栏之间隔着距离，探监者和囚犯必须得高声地说话。当我进去的时候，说话的嘈杂声直冲大厅光溜溜的高墙，而强烈的阳光从天空照射在玻璃窗上，再洒到室内，这一切都令我头昏脑涨。我的单人牢房更安静，也更阴暗。我必须得花上几秒钟才能适应过来。终于，我清晰地看见了亮光下显现的每一张脸。我发现，一个看守坐在两道栅栏夹起来的走廊尽头。大多数阿拉伯囚犯以及他们的家人都面对面地蹲着。这些人没有大喊大叫。尽管一片嘈杂，他们却能够低声交谈而彼此听得见。他们沉闷的低语声，起于低处，对于交织在他们头顶上的那些谈话，仿佛构成了一个通奏低音[1]。我一边

1　译者注：通奏低音（basse continue），既是一种作曲技术，又是一种重要的巴洛克音乐的风格特征，它强调的是低音部和高音部这两个基本的旋律线条。它有一个独立的低音声部持续在整个作品中，因此叫通奏低音。

朝玛丽走去，一边很快辨识出了所有这一切。她已经贴在栅栏上，尽力地对我微笑着。我觉得她很漂亮，但我却不知道该如何告诉她我之所想。

"怎么样？"她大声问我。

"就这样。"

"你好吗？你需要的东西都有吗？"

"好。都有。"

我们都不吱声了，玛丽依然微笑着。那个胖女人冲我旁边的人吼着，那人大概是她丈夫，他个头高大，头发金黄，目光坦率。他们已经开始的谈话在往下继续。

"让娜不想要他。"她声嘶力竭地叫道。

"是的，是的。"那男人说。

"我对她说了，你出去了还会再雇他的，但她还是不想要他。"

玛丽在她那边叫喊说，雷蒙向我问好，我说："谢谢。"但是我的声音被旁边的男人盖过去了，他在问："他还好吗？"他妻子笑着说"他从没像现在这么好"。我左边是一个矮小的年轻人，双手纤细，一句话都不说。我注意到，他在一个小个子老妇人对面，两个人彼此凝望着。但是我没时间再去多留意他们，因为玛丽对我叫喊着，说必须抱有希望。我说："好的。"与此同时，我看着她，真想隔着裙子搂住她的肩膀。我渴望抚摸这身薄薄的料子，除此之外，我不太清楚，我还要抱有什么希望。但是，这可能正是玛丽想要说的，因为她还在微笑。我只看到她发亮的牙齿，还有细细的眼纹。她再次叫道："你会出来的，到时我们就结婚！"我回答说："你确信？"但我这么说纯属为了没话找话。于是她非常迅速并依然高声地说她确信，我将被宣告无罪，我们还将去洗海水浴。但另一个女人在那头嘶喊，说她将一个篮子落在了法院书记室。她列举放在篮子里的所有东西——她必须得加以核实，因为那些东西都很贵。我旁边的那个年轻人和他母亲依然在对视着。阿拉伯人蹲着的低语声继续在我们的底下萦绕。室外，阳光似乎正在膨胀，挤压着那扇大窗户。

我感觉有点不舒服，我想要离开，噪声使我难受。但另一方面，我还想和玛丽多待会儿。我不知道过了多少时间，玛丽跟我说她的工作，她不断地微笑着。低语声、叫喊声和谈话声交织在一起。在我身边唯一沉默的孤岛，便是对视着的矮个年轻人和老妇人。渐渐地，阿拉伯人被带走了。当第一个人被带出去，众人几乎都闭上了嘴。小个子老妇人靠近栅栏，与此同时，一个看守向她儿子做了个手势。儿子说："再见，妈妈。"她将手伸进两根栏杆之间，冲着儿子轻轻挥了挥，缓慢又持久。

她走的时候，一个男人进来了，帽子拿在手上，坐在了她空出来的位置。一个囚犯被带了过来，他们热烈地交谈着，但却压低了声音，因为大厅又变得安静了下来。狱方带走了我右边那个人，他妻子似乎没注意到已经不再需要大喊大叫了，她并未降低声调，对着他说："好好照顾你自己，要小心！"之后，轮到我了。玛丽做了拥吻我的姿势。我在消失不见之前，又扭过头看她。她一动不动，脸紧紧贴在栅栏上，仍然在强作欢颜。

这之后不久，她给我写了信。也就是从这时起，我从不喜欢谈及的那些事情开始了。不管怎样，这些事情不必去加以夸大，这点对我来说比对其他人而言更加容易。不过，在我被关押之初，最痛苦之处，便是我还有一些自由人的想法。比如，我想去海滩，想下到海里。一想到最先冲到我脚掌下海浪的声音，一想到身体跃入水中以及我从中所感受到的那种解脱，我突然便感到监狱的高墙是多么的逼仄。但这种状况只持续了几个月。后来，我就只有囚犯的想法了。我等待着每天在院子里的放风以及我律师的来访。其余的时间我把自己也安顿得很好。于是我常常想，如果让我生活在一个干枯的树干里，除了看头顶这片万花筒般的浮云，别无他事可做，我也会渐渐习惯的。我会等待飞鸟掠过，或是云朵的辐辏相交，就如同我在这牢里等待我律师古怪的领带出现，亦如同我在外面的另一个世界，耐心等着星期六的到来，以便去抱紧玛丽的身体。不过，认真想来，我还没在枯树里。有人比我更加不幸。此外，这是妈妈的一种思想观念，她经常反复地说，人最终对什么都能适应。

另外，我通常不至于到这么难挨的程度。最初几个月很艰难，但我所做的努力帮我度过了这段时光。比如，对女人的渴望让我很是煎熬。这很自然，我还年轻。我从未特定地想着玛丽。但我想着某个女人，想着某些女人，想着我认识的所有女人，想我爱过她们的种种情况，想得我的单人牢房里充满了她们的形象，也充满了我的欲望。在某种意义上，这使我情绪失衡。但在另一层意义上，这也消磨了时间。我终于得到了看守长的同情，他一到饭点就会陪着厨房的伙计过来。正是他首先跟我谈起了女人。他对我说，这是其他犯人所抱怨的第一桩事。我对他说，我跟他们一样，并且我觉得这待遇是不公正的。他说："但恰恰是为了这个，才将你们关进监狱。"

"怎么，就为了这个？"

"对啊，自由——就是这个。你们被剥夺了这个自由。"

我从未想到这一点。我对他表示赞成，我对他说："的确，不然惩罚体现在哪里？"

"是，您呐——您对这些事开窍了。其他人还不明白。不过他们最终都自行释放了。"然后，看守长走了。

还有香烟的问题。我进了监狱，他们拿走了我的腰带、鞋带、领带以及我兜里所有的东西，尤其是我的香烟。一关进单人牢房，我便请求把香烟还给我。但他们对我说，牢里禁烟。头几天我非常难熬，这可能是对我打击最大的。我只能嗦着从我的床板上掰下来的木片。我整天不停地想呕吐。我不明白，他们为什么不让我抽烟，香烟对任何人都没害处。后来，我懂了，这也是惩罚的一部分。不过这时候，我已经习惯于不再抽烟，这种惩罚对我也就不再成其为一种惩罚。

除了这些烦恼，我算不上太过不幸。关键问题，还是如何消磨时间。从我学会回忆的那一刻起，我终于不再感到烦恼了。我有时会想起我的房间，我想象自己从一个角落出发，兜一圈又回到原地，我把这路径上所有的东西在心里都过一遍。一开始，这个过程进行得很快。但是，每当我重新开始来一遍，这时间消耗得就愈发多一点儿。由于我回忆起了每件家具，对于它们中的每一件，我会想起放在它上面的每个物件；对于每一个物件，我又想起所有的细节——有什么镶嵌，有什么裂痕或是有什么缺了口的边，以及是什么颜色或纹理。与此同时，我试着不让我清点的思路出现中断，试着去炮制一个完整的明细清单。因此，几个星期之后，仅仅是盘点我房间里的东西，我就可以花上几个小时。这样，我越是进行思索，我从记忆中翻出的不被看重或是已经遗忘的东西就越多。于是我明白了，一个人哪怕只活一天，都能够在一所监狱里毫无难度地待上一百年。他将有足够的回忆，令其不感到无聊。在某种意义上，这也是一种优点。

还有睡眠问题。一开始，我夜里睡得不好，而白天根本睡不着。渐渐地，我夜里的睡眠好了，白天也能睡得着。可以说，在最后的几个月，我一天能睡十六到十八个小时。于是，我剩下的六个小时，便用三餐、大小解、我的回忆以及捷克斯洛伐克人的故事来打发。

在我的草褥和床板之间，我发现了一张旧报纸，几乎粘在了褥子上，泛黄且透亮。它报道了一则社会新闻，其开头部分已经缺失，不过应该是发生在捷克斯洛伐克。一个男人为了发财，离开了捷克的一个村庄。二十五年后，他有钱了，带着妻儿衣锦还乡。他的母亲和妹妹在老家的村子经营着一家旅馆。为了给她们一个惊喜，男人将妻子和孩子留在另一处地方，他自己去了母亲的旅馆。他进去时，他母亲没有认出他来。出于开玩笑的想法，他要了一间房。他向她们露了自己的钱财。夜里，他母亲和妹妹为了劫他的财，用锤子砸死了他，并将其尸身抛进了河里。次日早晨，他妻子来了，她全然不知夜里的事情，便说出了这个旅客的身份。他母亲上吊自杀，他妹妹投井而死。这个故事我应该读了有几千遍。一方面，这事不像是真的；另一方面，它又合乎情理。不管怎样，我觉得，这个旅客有点咎由自取——人永远不该作假装相。

就这样，伴随着睡眠、回忆、对那则社会新闻的阅读，以及晨昏的交替，时间也就逝去了。我分明察觉到，人在监狱里最终会失去时间概念。不过，这对我来说没有多大意义。我不明白，一天天的日子如何才能够既长又短。日子要过下去，无疑就长，但日复一日，如此拖拖拉拉、松松垮垮，这些天和那些天最终便混在了一起。它们随之失去了自己的名字。只有"昨天"和"明天"这两个词对我还保留着意义。

有一天，看守对我说，我在这里已经五个月了，我对此深信不疑，但并不理解。对我而言，在我的单人牢房里不断涌现的是同样的日子，我所做的亦是同样的事情。那天，看守走后，我在自己的铁饭盒里照了照自己。我觉得，我的形象很严肃，即便我试图对着饭盒微笑也是如此。我在自己面前摇晃着饭盒。我微笑着，但它里面照出来的依旧是严肃又悲伤的样子。白天结束了，这是我不想谈论的时刻，一个无以名之的时刻——夜晚的嘈杂声此时从监狱的每一层升起，后归于一片寂静。我走近天窗，在最后一抹余晖中，我再一次凝视自己的镜像。它依然是严肃的——既然此刻我就是严肃的，那有什么可奇怪的呢？不过与此同时，几个月来第一次，我清楚地听到了我说话的声音。我辨别出，这就是长久以来我耳边响起的声音，我这才明白，这段时间里我一直在自言自语。我于是回想起妈妈葬礼时那位女护士说的话。不，出路是没有的，没人能够想象出监狱的夜晚是何等样子。

三

可以说，一个夏天其实很快就替代了上一年的夏天。我知道，随着天气越来越热，对我来说会有新的情况发生。我的案子定于重罪法庭最后一轮开庭期进行审理，而最后这一轮庭审将到六月底结束。庭上辩论开始的时候，外面正烈日炎炎。我的律师向我保证说，辩论不会超过两三天。他补充说："另外，法庭将会很忙，因为您的案子不是这一轮庭审中最要紧的。紧接着将要审一个弑父者。"

早晨七点半，他们来提我，囚车把我送到法院。两位法警把我带进了一个阴暗的小房间。我们坐在一扇门边上等候着，门后面，可以听到谈话声、呼唤声、挪动椅子的声音，还有搬动家具的嘈杂声，这些让我想起了街区的那些节庆——在音乐会结束之后，人们收拾大厅，以便能够跳舞。法警对我说，开庭必须得等会儿，他们中的一位递给我香烟，我谢绝了。片刻之后，他问我"是否害怕"。我回答说不。甚至在某种意义上，我对见识一下诉讼颇有兴趣。我此生还从未有机会看过庭审呢。第二位法警说："也是，不过看多了最后就疲了。"

过了一会儿，房间里响起了一阵小小的铃声。他们取下了我的手铐。他们打开门，把我带到了被告席。大厅里人多得要挤爆了。尽管拉着窗帘，但阳光从缝隙中透进来，空气已经很闷，窗户都关着。我坐下了，两位法警分列两旁看押着我。就在此时，我发现自己面前有一排脸庞。他们所有人都看着我——我明白了，这些人是陪审员。但是，我无法说出他们之间有何区别。我当时只有一个印象：我是在电车的一排座位前面，所有这些不知名的乘客留意着新上车的人，以便发现其可笑之处。我清楚地知道，这是个愚蠢的想法，因为他们在这里不是寻找可笑之处，而是罪行。然而，这区别不是很大，不管怎样，当时我就是这个想法。

这么多人挤在这个封闭的大厅里，我感觉有点头昏眼花。我又看了看法庭，没有认出任何一张脸。我想，一开始我并未意识到，众人济济一堂是为了来看我。平常，大家对我并不关注。我必须得回过神来才明白，我就是人群如此熙熙攘攘的原因。我对法警说："这么多人！"他回答我说，这是因为报纸的报道，他把站在陪审席下面一张桌子边的一群人指给我看。他对我说："他们在那儿。"我问道："谁？"他再次说："报社的人。"他认识其中的一位记者，那个记者这时看到了他，便朝我们走了过来。这是一个已经上了年纪的男性，样子讨人欢喜，长着一张有些皱纹的面孔。他很热情地跟法警握了手。我这时注意到，所有人都在相互碰面、打招呼并进行交谈，这就如同在一个俱乐部里，同一个圈子的人重逢时那样兴高采烈。我也明白了自己为什么有种奇怪的印象，似乎我是多余的，像一个闯入者。不过，那个记者微笑着跟我说话了。他对我说，他希望我一切顺利。我对他表示感谢。他又说："您知道，我们对您的案子稍微做了些渲染。夏天是报纸的淡季，只有您的案子和弑父者的案子还有点东西值得说一说。"然后他指给我看，在他刚刚离开的那群人里，有一个矮个的家伙，像只肥硕的鼬鼠，戴着一副黑边大眼镜。他对我说，这是巴黎一家报社的特派记者。"不过他不是为您而来的。因为他负责报道弑父案，报社便让他把您的案子一并也听一听。"说到这里，我又差点向他表示感谢。但是我想，这未免荒唐了。他亲切地冲我摆摆手，离开了我们这边。我们又等了几分钟。

我的律师到场了，他穿着律师袍，被很多其他同行簇拥着。他朝那些记者走去，跟他们握手。他们开着玩笑，一个个绽放着笑容，显得怡然自得，直到法庭的铃声响起。所有人各归其位。我的律师朝我走来，跟我握了手，叫我回答问题要简短，不要主动发言，剩下的事靠他来解决。

在我左边，我听到一把椅子往后挪动的声音，我看到一个又高又瘦的男人，穿着红色长袍，戴着夹鼻眼镜，仔细地折好长袍坐了下来。这是检察官。一位执达员宣布开庭。与此同时，两台大电扇开始嗡嗡地响起来。三个法官——两个穿黑袍，一个穿红袍——拿着卷宗走了进来，非常迅速地走向俯视整个大厅的审判席。红袍法官坐在中间的扶手椅上，把他的直筒无边高帽放在自己跟前，用一块手帕擦了擦他小小的秃顶，然后宣布审讯开始。

记者们已经手握钢笔。他们全都是漠然又带点嘲讽的样子。然而，他们中有一位特别年轻的记者，穿着灰色的法兰绒衣服，戴了一条蓝色的领带，将钢笔放在自己面前，打量着我。在他有点不对称的脸上，我只看到他那双眼睛，非常清澈——它们专注地审视着我，并未流露出任何确切的表情。我有一种奇怪的感觉，好像我在被我自己盯着看。也许是因为这一点，也因为我不知道法庭惯常的流程，我对接下去发生的一切都不是太清楚：陪审员抽签，庭长对律师、检察官、陪审团提问（每次提问，所有陪审员的脑袋都同时转向法官的审判席），很快地念起诉书——我听出了其中一些地名和人名，还有再次对我的律师提问。

但是庭长说，他将要传唤证人。执达员念了一些引起我注意的名字。从这一片刚才还混沌不清的人群中间，我看到证人们一个个站了起来，然后从一扇侧门走了出去，他们是养老院院长和门房、托马·佩雷兹、雷蒙、马松、萨拉马诺、玛丽。玛丽悄悄对我做了个不安的手势。我还在感到惊讶，先前怎么没看见他们。这时叫到了最后一个人的名字，塞莱斯特站了起来。我在他旁边认出了在饭店里吃饭的那个小个子女人，穿着收腰小外套，精干果断的样子。不过，我没时间去多加考虑，因为庭长发话了。他说真正的辩论即将开始，他认为劝告公众保持安静是没用的。在他看来，他在此是为了不偏不倚地引导对一个案件的辩论，他希望人们客观地审视案件。陪审团将本着一种公正的精神做出判决，任何情况下，只要法庭上滋生了哪怕是最小的事端，他都将命令清场。

大厅里的温度在攀升，我看到在场的人用报纸在扇风。这样，皱巴巴的纸张制造出一种持续不断的轻微响声。庭长做了个手势，执达员拿来了三把草编的扇子，三个法官立刻扇了起来。

对我的审讯随即开始。庭长语气平和地对我提出问题，我甚至觉得他带着一丝亲切。我又一次被要求说出自己的身份，尽管我觉得厌烦，但我想其实这也相当正常，因为如果把一个人当成另一个人来审讯，那错误就太严重了。之后，庭长又开始叙述我所犯的事，每说三句，他便问我："是这样吗？"我按照律师的嘱咐，每次都回答："是的，庭长先生。"这个过程很长，因为庭长叙述得非常仔细。在这段时间里，记者们记录着。我感觉到了他们中最年轻的那位记者以及如机器人般的那个小个子女人盯着我的目光。像在电车上坐成一排的陪审员们，全都面向着庭长。庭长咳嗽了一下，翻着卷宗，他扇着扇子，转向我看了看。

他对我说，他现在要讨论一些问题，表面上看与我的案子无关，但很可能却牵涉颇深。我知道，他又要谈到妈妈了，同时我感到，这是多么的令我厌倦。他问我为什么把妈妈送到养老院。我回答说，这是因为我没钱请人看护并照料她。他问我，就我个人而言，这样做是否令我难受。我回答说，妈妈和我，彼此都不再有任何期待，另外我们对其他人也不抱什么期待，我们两个都习惯了我们的新生活。庭长于是说，他并不想强调这个问题，他问检察官是否有其他问题要问我。

检察官朝我半扭过身，并未看着我，他说鉴于庭长的准许，他想知道我当时独自回到泉眼那里，是否带着杀死那个阿拉伯人的动机。"没有。"我说。"那么，为什么被告带着枪，为什么他恰好就回到了这个地方？"我说这纯属偶然。检察官用一种很不善的语气说："目前就说这些。"接着，一切都有点杂乱无章，至少对我来说是这样。不过在一通交头接耳的磋商之后，庭长宣布休庭，听取证人的证词推迟到下午。

我没有时间思考。他们将我带离并装进囚车，然后送回监狱吃午饭。没过多久，在我刚刚感到倦意袭来的时候，他们回来提我了。一切又重来一遍，我又置身于同一个大厅，面对同样的面孔。只是大厅里比上午更热，就像是奇迹一般，陪审员们、检察官、我的律师，还有一些记者，都拿着草扇。那位年轻的记者和那个小个子女人还在那里。不过他们没扇扇子，而是依然一言不发地盯着我看。

我擦了擦我脸上的汗，当我听到传唤养老院院长时，我这才稍微意识到自己身在何处，以及是何处境。养老院院长被问道，妈妈是否对我有所抱怨，他说是的，不过抱怨自己的亲人差不多是养老院里老人们的通病。庭长要他明确说出，妈妈是否责怪我将她送进养老院，院长依然说是的，不过这次，他没做任何补充。对于另一个问题，他回答说，对于我在葬礼那天的平静感到惊讶。他被问起，他所说的平静是指什么。于是院长看了一下自己的鞋尖，他说我不想看妈妈的遗体，我一次都没有哭过，下葬之后我很快就走了，没有在妈妈的墓前默哀。还有一件事令他感到惊奇：殡仪馆的一个职员告诉他，我不知道妈妈的岁数。法庭上一时间安静了，庭长问他，他说的是否就是我。由于院长没听明白这个问题，他对庭长说："这是法律。"之后，庭长问检察官，是否还有问题要问证人，检察官大声道："噢！没有了，这足够了。"他的声音如此洪亮，朝我这边看过来的目光如此得意扬扬，我这么多年来第一次愚蠢地有了想哭的冲动，因为我感觉所有这些人对我是多么厌恶。

在问过陪审团和我的律师是否还有问题要问之后，庭长听了养老院门房的证词。门房如同其他人一样，重复了同样的流程。走近我时，门房看了我一眼，然后把目光移开了。他回答了向他提出的问题。他说我不想看妈妈的遗体，我抽了烟、睡了觉，还喝了奶咖。这时我感到，有什么东西激怒了整个大厅，我第一次觉得我是有罪的。庭长让门房把我喝奶咖和抽烟的事又重复了一遍。检察官眼含讥讽地看着我。这时，我的律师问门房，是否跟我一起抽了烟。但是，检察官猛地站起身，反对这个问题："这里谁是罪犯？为了削弱证词的力量便给控方证人泼脏水，这算什么手段——这些证词的分量并不会因此而减损！"尽管如此，庭长却要求门房回答这个问题。老头儿神情尴尬地说："我知道我不对，但我没敢拒绝先生给我抽的烟。"最后，庭长问我是否有什么要补充的。我回答说："没有，只是证人说得没错，我确实给了他一支烟。"门房于是看了我一眼，有些惊讶，带着一种感激。他迟疑着，然后他说奶咖是他拿给我的。我的律师得意扬扬地嚷嚷，说陪审团会做出判断。但是检察官的话语声打雷一般在我们头顶响起，他说："是的，陪审团的先生们会判断的。他们会得出结论，一个外人可以请杯咖啡，但一个儿子，却应该在生养他的母亲的遗体前加以拒绝。"门房回到了他的座位上。

当轮到托马·佩雷兹作证时，一个执达员不得不把他一直扶到了证人席上。佩雷兹说，他主要认识我的母亲，他只在葬礼的那天见过我一次。当被问到我那天做了什么，他回答说："你们都应理解，我自己当时太伤心了。因此，我什么都没看到。

悲痛使我无暇他顾。因为对我来说这是一个巨大的悲痛，我甚至都昏了过去。因此，我没能去注意这位先生。"检察官问他，至少他是否看到我哭了。佩雷兹回答说没有。这下轮到检察官说了："陪审团的先生们将会做出判断的。"但是我的律师发火了。他以一种我觉得颇为夸张的语气问佩雷兹，是否看到我没有哭。佩雷兹说："没有。"众人都笑了起来。我的律师卷起一只衣袖，用一种不容置辩的语调说："这就是这场诉讼的写照。一切都是真的，又没有任何东西是真的！"检察官面无表情，用铅笔戳着他案卷上的标题。

休庭五分钟时，我的律师对我说，一切都在往最好的方向发展。这之后，塞莱斯特被传唤出庭，为被告方作证。被告方就是我。塞莱斯特不时地朝我这边投以目光，将手里的一顶巴拿马草帽转来转去。他穿着那套新西装，有几个星期天他和我去看赛马时穿的就是这身。不过，我觉得他当时没戴硬领子，因为他只是用一枚铜扣扣住了衬衫的领口。他被问到我是不是他的顾客，他说："是的，但也是一个朋友。"在问及他对我的看法时，他回答说，我是个男子汉。对于男子汉是什么意思，他说大家都知道这是指什么。他被问及，是否注意到我性格内向，他只是承认我从不说废话。检察官问他，我是否按时付饭钱。塞莱斯特笑了，他说："这是我们之间不足挂齿的小事。"他又被问及，对我的罪行有何看法。他于是双手扶着栏杆，可以看出来，他对这个问题已经有所准备。他说："在我看来，这是一件不幸的事。一个不幸，所有人都知道这是怎么回事。这使你猝不及防。唉！在我看来，这是一件不幸的事。"他还想继续说，但是庭长对他说这就可以了，并对他表示感谢。这时，塞莱斯特待在那儿有点愣住了。但他称自己还想发言。庭长要求他讲得简短一点。他又重复说，这是一件不幸的事。庭长对他说："是的，这已经说过了。不过我们在这里就是要审理此类的不幸事件。我们向您表示感谢。"仿佛是耗尽了他的才能和善意，塞莱斯特朝我转过身。我觉得他双眼闪烁着泪光，嘴唇也在哆嗦着。他像是在问我，他还能做什么。我什么都没说，也没做任何手势，但这是我生平第一次想要去拥抱一个男人。庭长又命令他离开证人席。塞莱斯特回到旁听席上坐下了。接下去的审讯过程中，他待在那里，身体稍微前倾，两个胳膊肘支在膝盖上，手里拿着巴拿马草帽，听着法庭上全部的陈述。

玛丽进来了。她戴了一顶帽子，依然美丽。不过我更喜欢她长发披肩。从我所在的地方，我猜想出她乳房的轻盈，并认出了她总是略微鼓起的下嘴唇。她看上去很紧张。庭长便立刻问她，从何时开始认识我的。她说，是她在我们公司工作的时候。庭长想知道，她和我是什么关系。她说她是我女友。就另一个问题，她回答说，她确实将要跟我结婚。正翻阅案卷的检察官突然问她，我们是从何时起发生男女关系的。她说了日期。检察官神情漠然地指出，他觉得这是在我妈妈去世的第二天。然后，他带着几许嘲讽说，他并不想对一个微妙的局面揪着不放，他非常理解玛丽的顾虑，但是（他的语调在此变得更加严厉）他的职责要求他超越那些约定俗成的礼节。因此，他请玛丽把我和她发生关系那天的情况做个概述。玛丽不想讲，但在检察官的坚持下，她便说了我们去洗海水浴、出去看电影还有回到我住处的经过。检察官说，在玛丽预审时提供了证词之后，他查证了当天的电影节目单。他又说，玛丽自己不妨说说那天放的什么电影。玛丽吓得声音都几乎失真了，她说那是一部费尔南戴尔的片子。她一说完，大厅里顿时一片死寂。检察官于是站了起来，非常严肃，他用手指着我，以一种我真觉得是很激动的声调，逐字逐句地慢慢说道："陪审员先生们，这个人在他母亲去世的第二天，去洗海水浴，开始一段不正当关系，还去看一部喜剧片嬉笑。我对各位没什么更多好说的了。"他坐了下去，厅里依然鸦雀无声。但突然间，玛丽号啕大哭，她说事情不是这样的，还有其他情况，有人强迫她说出与她所想截然相反的话，她很了解我，我没做过任何坏事。但是在庭长的一个示意下，执达员将她带走了，审讯继续进行。

接着是马松作证。他说我是一个诚实的人，他"甚至还要说"，我是一个正直的人。可是几乎没人在听他说话。萨拉马诺的证词也没什么人听。他回想起我对他的狗很好，对于我母亲和我的关系这个问题，他回答说，我对妈妈已经无话可说，因而我把她送进了养老院。萨拉马诺说："应该理解，应该理解。"但没人表现出理解的样子。他被带走了。

之后轮到雷蒙出庭了，他是最后一位证人。雷蒙对我稍稍做了个手势，立刻就说我是无辜的。但庭长称，法庭没让他做出判断，而是叫他陈述事实。庭长请他等待提问，然后作答。庭长要求雷蒙说清他和受害人的关系。雷蒙趁此机会说，受害人恨的人是他，自从他打了那人的姐姐耳光之后。但庭长问他，受害人是否有理由恨我。雷蒙说，我去海滩纯属偶然。庭长于是问他，作为这起惨剧起因的那封信，怎么会出自我手。雷蒙回答说，这事出于偶然。庭长反驳说，在这个事件里，偶然已经给人的良知造成了太多的戕害。他想知道，是否出于偶然，雷蒙打情妇耳光时我没有调解；是否出于偶然，我到警察分局为雷蒙充当证人；是否还是出于偶然，我作证时说的话显得像是献殷勤。最后，他问雷蒙靠什么为生，因为雷蒙回答说是"仓库保管员"，检察官便对陪审员们说，众所周知，这个证人干的是拉皮条的生意。我是他的同谋和朋友。这是一桩最下作之流炮制的无耻事件，而罪犯与道德上的魔鬼相勾结这一事实令其更为严重。雷蒙想要申辩，我的律师也提出了抗议，但是庭长对他们说必须让检察官把话说完。检察官说："我没太多要补充的。他是您的朋友吗？"他这样对雷蒙问了一句。雷蒙说：

"是的，他是我哥们儿。"于是检察官对我也提了同样的问题，我看了看雷蒙，他没有把眼睛移开，直视着我。我回答说："是的。"检察官转向陪审团，表述道："正是此人，在他母亲去世的第二天，就干着最可耻的荒淫勾当，为了些许微不足道的缘由，为了了结一桩可耻的伤风败俗的纠纷，竟杀了人。"

他坐了下来。但我的律师按捺不住了，他举起胳膊——以致律师袍的袖子滑落了下来，露出了上过浆的衬衫的褶痕——大声叫道："到底，他究竟是因为埋葬了母亲被起诉，还是因为杀了一个人被起诉？"众人都笑了。但是，检察官又站了起来，他披好了他的长袍，宣称：必须像这位可敬的辩护律师一样天真，才感觉不到在这两件事之间，存在着一种深刻、悲怆、本质的关系。他鼓足了中气大声说："是的，我控诉这个人在埋葬一位母亲时包藏着一颗杀人犯的心。"这一声宣告好像对众人产生了重大的影响。我的律师耸了耸肩，擦了擦额头上的汗。他似乎动摇了，我知道，对我来说情况不妙。

审讯结束了。走出法院登上囚车时，须臾之间我便辨识出了夏天夜晚的气息与色彩。在这辆移动的监狱里，黑暗中的我，仿佛从深深的疲倦中，一一听出了我所爱的城市在我感到心满意足的某一刻发出的所有熟悉的声响。在轻松的气氛中卖报纸的吆喝声，街心花园最后一拨的鸟鸣声，三明治摊贩的叫卖声，城市高处的弯道上电车的呻吟声，夜幕在港口降临之前天空的嘈杂声，这些声音为我重新勾画出一条闭上眼都能了然于心的路线——入狱之前我对这路线非常熟悉。是的，很久以前，这是我感到心满意足的时刻。那时，等待着我的，总是无梦的浅睡。然而时过境迁，我回到的是自己的单人牢房，等待着第二天的到来。仿佛画在夏季天空中熟悉的路径，既能通向监狱，也能通向纯真的睡眠。

四

即便是坐在被告席上，听别人谈论自己依然是挺有意思的。在检察官和我的律师的辩论中，可以说，他们谈及我的地方很多，可能谈论我本人比谈论我的罪行更加的多。而这些辩词，它们果真如此不同吗？律师举起双臂，承认有罪，但辩解罪行情有可原。检察官伸出双手，宣告有罪，但认为罪行不可赦免。然而，有一件事隐隐地使我不安。尽管我愁云惨淡，但有时也试图插几句话，我的律师则会对我说："别吱声，这样对您的案子更好。"在某种程度上，他们处理这个案件，似乎早已将我排除在外。一切都在没有我介入的情况下进行着。我的命运为他人所左右，而他们不用征求我的意见。有时，我真想打断所有人，说上几句："说到底，谁是被告？被告才是重要的，我有话要说。"但考虑之后，我又没什么可说的了。此外，我得承认，人们对一个话题所倾注的兴趣，并不会持续太久。比如，检察官的辩词很快就让我觉得无趣了。只有那些与庭审整体无关的零星话语，或是手势，或是长篇大论，才会令我印象深刻或勾起我的兴趣。

如果我理解正确的话，他心里的本质想法是，我杀人是有预谋的。至少，他试图证明这一点。正如他自己所说的："我将对此做出证明，先生们，我会进行双重的证明——首先是在事实耀眼的光芒下论证，然后从这个罪恶的灵魂心理上向我提供的阴暗角度来论证。"他概述了从妈妈过世以后的种种事实。他回顾了我的冷漠：不知道妈妈的年龄，次日和一个女人去洗海水浴，去看费尔南戴尔的电影，最后和玛丽一起回家。我当时花了点时间才理解他的话，因为他总在说"他的情妇"，而对我来说，这就是玛丽。之后，他回到雷蒙的事情上来。我觉得，他观察事物的方式倒不失为清晰明了，他说的话也还算自洽。我先是伙同雷蒙写了那封信，以便将他的情妇引出来，并导致她被一个"道德败坏"的男人施暴。我在海滩上挑衅雷蒙的对头。雷蒙受了伤。我从他那儿要来了手枪。我为了用这把枪，又独自回到了海滩。我按照自己的预谋打死了阿拉伯人。我等了等。"为了确保活儿干得利落"，我又从容不迫地对着尸体开了四枪，可以说这手段是经过深思熟虑的。

检察官说："事情就是这样，先生们。我在诸位面前重新梳理了事件一连串的演变，这个人在对局面完全清醒的情况下最终走向了杀人这条路。我要强调这一点。因为这不是一起普通的杀人案，不是你们根据具体情况认为可以减轻罪行的轻率之举。这个人，先生们，这个人很聪明。你们听到他说的话了，不是吗？他懂得应答，他了解话语的重要性。因而我们不能说，他在行动的时候并不知道自己在做什么。"

我听着他的发言，并且听到他评论说我聪明。但我不是很理解，一个普通人的优点，怎么就能成为控告一个罪犯的决定性罪状。至少，这点让我感到惊讶。我不再听检察官侃侃而谈，直到后来我听到他说："他表示过后悔吗？从没有，先生们。在预审过程中，这个人对他恶劣的罪行哪怕连一次悔恨之意都没表现出来过。"这时，他转向我，用手指指着我，继续对我进行指责，我其实不是很明白这是为什么。或许，我不得不承认他说得有些道理，我对自己的行为不怎么后悔。但他的指责如此激烈，倒是令我惊讶。我很想试着衷心地乃至几近深情地向他解释，我从未对某件事真正地后悔过。我总是被即将到来的事、被今天或明天所吸引。但是，以我目前被置于的这种状况，我当然无法用这种语调对任何人说话。我无权显出情深意切的样子，无权抱有善意。我又试着去听检察官说话，因为他开始讲到我的灵魂了。

他说，他对我的灵魂很感兴趣，可从中一无所获——他告诉陪审员先生们。他说，实际上我没有灵魂，并且没有丝毫的人性，没有任何一条留存在人们心灵中的道德准则能对我有所触及。他补充说："也许，我们不能因此而责备他。他不能习得做人的品行，我们也就无法抱怨他不具备这些东西。但是现在在这个法庭上，宽容的消极作用应该转为正义的至善，这更难做到，却更为高尚。尤其是此人心中的空虚，到了大家所发现的这等地步，会变成令社会衰亡的深渊。"他于是谈到了我对妈妈的态度。他将法庭辩论时所说的东西又重复了一遍。但是他谈这个的时间比谈我罪行的时间要长得多，冗长得乃至到了最后，我感觉到的仅有这上午的炎热，直到至少是检察官停下来的那一刻为止。片刻的安静之后，他又以一种很低沉且很确信的声音说道："同样在这个法庭，先生们，明天将审判最丧心病狂的罪行：谋杀父亲。"在他看来，这种残杀令人无法想象。他非常希望人类的正义对此严惩不贷。但是，他毫不讳言，弑父的罪行在他身上所激起的厌恶，几乎还不及面对我的冷漠时他所感到的厌恶。还是在他看来，一个在道义上杀死母亲的人跟动手谋杀了父亲的人一样，乃是自绝于人类社会的。在任何情况下，前者都是在为后者的行为埋下伏笔，前者以某种方式预告了后者的行为，并使其合法化。他提高了声音说："我确信，先生们，如果我说，坐在被告席上的此人和明天将在这个法庭上审判的谋杀案的犯罪嫌疑人一样罪大恶极，你们应该不会觉得我的想法过于大胆。他应该得到相应的惩罚。"这时，检察官擦了擦因为汗水而油光发亮的脸。他最后说，他的职责是痛苦的，但他会坚定地去完成。他宣称，我不承认一个社会最基本的准则，我便和这社会毫无关系，而且，我无视人心最起码的反应，我便不能求助于人心的怜悯。他说："我请求你们砍下这个人的头，我是怀着轻松的心情向你们提出这个请求的。因为，如果在我已经颇长的职业生涯中，我曾请求过对罪犯处以极刑，但我从未像今天这样，感到这艰巨的职责得到了补偿和平衡，并焕发出了光彩。这是由于我意识到了某种不可推却的天意，也是由于面对此人的面孔我感到厌恶——除了残忍，我从这脸上看不到其他任何东西。"

当检察官再次坐下，大厅里安静了好一会儿。我因为闷热和惊讶而头昏脑涨。庭长咳嗽了几下，以一种很低的声音问我，是否有什么补充的。我站了起来，因为我想要发言，便有些没有头绪地信口说，我没有杀死那个阿拉伯人的意图。庭长回答说，这是一个声明，但是到目前为止，他没弄清我的辩护方式，因此在听我的律师表述之前，他希望让我明确说说激起我行为的动机。我讲得很快，有些语无伦次，而且我注意到自己挺可笑，我说自己杀人是因为太阳的缘故。大厅里发出了笑声。我的律师耸了耸肩，紧接着，庭长便让他发言。但是我的律师说时间晚了，他的阐述要好几个小时，他要求推迟到下午再讲。法庭同意了他的要求。

下午，大电扇依然在搅动着大厅里浑浊的空气，陪审员们手中各种颜色的小草扇都朝一个方向扇着。我觉得我的律师的辩词像是要永不停歇地说下去。然而，在某个时刻，他的讲话我听入耳了，因为他说："确实，我杀了人。"之后，他继续以这种语调陈述着，每次说到我的时候，他都用"我"这个人称。我很惊讶。我朝一个法警俯过身，问他这是为什么。他叫我别作声，片刻之后，他说："所有的律师都是这样的。"我想，这又是将我本人隔离在案子之外，将我的存在归零，在某种意义上说，我被取代了。不过，我觉得我当时离这个法庭已经非常遥远。另外，我的律师让我觉得很可笑。他很快地以阿拉伯人寻衅在先为理由进行了辩护，然后他也谈起了我的灵魂。不过，我觉得他的才华比检察官差远了。他说："我本人，也对这个人的灵魂很感兴趣。但是，与检察机关的这位杰出代表相反，我从中却有所发现，并且我可以说，从这个灵魂里可以毫不费劲地读到一些东西。"他从中读到的是，我是一个正直的人，一个按部就班的职员，不知疲倦，对雇用我的公司很忠诚，受到众人的喜爱，对他人的不幸充满同情。对他来说，我是一个模范儿子，尽自己所能一直在赡养母亲。最后，我希望母亲能去过上养老院所提供的舒适生活——而我的能力无法为她创造这么好的条件。他补充说："我感到惊讶，先生们，有人竟然对这家养老院议论纷纷。因为，如果最终要对这些机构的用处和重要性给出一个证明，那就必须指出，这是国家在对其进行补贴。"只是他没有谈及葬礼，我觉得这是他辩词里的缺失之处。不过，由于这些冗长的语句，由于整个的这些白天和整个的这些钟点都在无休止地用于谈论我的灵魂，我觉得一切都变成了无色的水，我在这水中感觉晕乎乎的。

最后，我仅仅记得，当我的律师在继续讲述时，一个卖冰的小贩吹响了喇叭，声音从街上穿过一个个大厅和审判庭，一直传到我这里。从前生活里的种种回忆忽然间萦绕着我，这种生活已经不属于我，但是我从中感受过最简陋和最难以忘怀的快乐：夏天的气味、我喜欢的街区、黄昏时的某种天空、玛丽的笑声和连衣裙。于是，在法庭这个地方我所做的毫无用处的一切，像是堵上了我的喉咙，我只是急着等他们结束庭审，我好回单人牢房去睡觉。我几乎没听到我的律师在结束发言时的大声嚷嚷，他说，陪审员们不会愿意让一个一时误入歧途的诚实劳动者去受死。他要求酌情对我所犯的罪行减刑，因为对我最有效的惩罚，是终身的悔恨。法庭休庭，我的律师筋疲力尽地坐了下来。但是他的同事们都朝他走来，跟他握手。我听到他们说："太棒了，亲爱的。"他们中的一位甚至要我来证实，他对我问道："怎么样？"我表示赞同，但我的恭维虚与委蛇，因为我太累了。

外面的天色暗了，也没那么热了。我听到街上的一些嘈杂声，便猜想到傍晚的那种惬意。我们全都在法庭上等着。我们所一起等待的，只与我一个人有关。我又看了看大厅，一切都跟头一天一样。我与那位穿灰色上装的记者以及那位机器人般的女人目光相遇了。这让我想到，在整个庭审过程中，我的目光一直没寻找过玛丽。我没忘了她，但我要做的事太多了。我看到她在塞莱斯特和雷蒙中间。她悄悄对我做了个手势，好像在说："终于结束了。"我看到她有些不安的脸上挤出了微笑。但是我感到我的心已封闭，我甚至无法回应她的微笑。

法官们又回来了。庭长很快地向陪审员们念了一系列问题。我听到了"犯有杀人罪……预谋……可减轻罪行的情节"。陪审员们都出去了，我则被带到了之前在里面等候的那个小房间。我的律师来和我碰了头：他以一种从未有过的更为自信、更为亲切的样子，喋喋不休地跟我说着话。他认为一切都挺好，我坐几年牢或服几年苦役就能出来。我问他，如果判决不利的情况下，是否还有撤销原判的机会。他对我说，没有。他的策略是，不提出对判决不服的意见，以免陪审团反感。他对我解释说，法院不会平白无故地就这样撤销原判。我觉得这是显而易见的，我便听从了他的意见。冷静地加以考虑，这确实合乎情理。否则，那将耗费太多没用的公文尺牍。我的律师对我说："无论如何，上诉是可以的。不过我相信判决结果会对您有利。"

我们等了很久，我觉得将近有三刻钟。等到最后，又响起了铃声。我的律师一边从我这儿离开一边对我说："陪审团团长将宣读回复意见，宣判的时候才会让您进去。"一阵门开门关的声响。一些人跑过楼梯，我听不出他们是近还是远。之后，我听到一个低沉的声音在大厅里读着什么。当铃声再次响起，小房间的门随之打开，大厅里的安静朝我袭来，一片死寂，当我注意到那位年轻记者将目光从我身上移开，我便有了这种奇异的感觉。我没朝玛丽那边看。我没时间去看，因为庭长用一种奇怪的方式对我说，我将在一处广场上被斩首示众——以法国人民的名义。我于是觉得弄明白了，我从所有人脸上看到的是何感情。我相信，这是出于敬意。法警对我非常温和。我的律师将他的手放在我手腕上。我什么都不再想。然而庭长问我，是否有什么要补充。我考虑了一下，说："没有。"于是，我被带走了。

五

　　我第三次拒绝见神甫。我跟他无话可说，我不想讲话，我总归很快会见到他的。我现在感兴趣的是逃避断头台，是想知道不可避免的结果是否能够网开一面。他们给我换了牢房。在这间牢房里，当我躺下，我可以看到并只能看到天空。我整天都在观察天空这张脸，看它晨昏交替的色调变幻。躺着的时候，我把双手枕在头下，等待着。我不知道有多少次琢磨过，是否有被判死刑的人能逃过断头台，挣脱羁押的绳索，在处决之前消失得无影无踪。我于是责怪自己未曾对有关处决的记述给予足够的注意。我们应该始终关注这些问题。我们永远不知道将来会发生什么。像大家一样，我曾在报上读过一些此类报道。但是肯定还会有一些专著，不过我从未产生去阅读的好奇心。可能在这些专著里，我会找到对越狱的描述。我会得知，至少在某种情况下，命运的车轮会停下，并且在这种无法抗拒的预谋中，仅仅一次，偶然与运气便会改变某件事。就一次！在某种意义上，我觉得这对我已经足够了。剩下的事我的心自会去料理。报纸上经常谈论一种对社会所欠的债。按他们的说法，这必须偿还。但是这并未谈到欠债之人的幻想。重要的是越狱的可能性，是跳出不可改变的惯例，是给希望带来机会的狂奔。当然，这希望，无非是在全力的奔跑中被一颗飞来的子弹击倒在街角。然而，一切都已仔细地加以考虑，没有任何东西允许我得到这奢侈的机遇，所有的一切都禁止我如此行事，断头台重又支配着我。

尽管我心怀善意，但我无法接受这咄咄逼人的确定性结果。因为，建立起这个确定性的判决和此判决被宣读之后不可动摇的进程之间，有着一种可笑的不相称。判决是在二十点而不是在十七点宣布的，它有可能是完全不同的，它是由一些换了新衬衣的男人们做出的，它还被纳入以法国人民（或德国人民，或中国人民）的名义这个并不确切的概念——我觉得，所有这一切都大大削减了这样一个决定的严肃感。然而，我不得不承认，从这宣判做出的那一刻起，其影响就变得确定且可靠，如同我身体所倚着的这堵墙的存在一样。

在这时候，我回想起妈妈给我讲的关于我父亲的一个故事。我没见过我父亲。我对这个男人所有的确切了解，或许就是妈妈对我讲的那些东西：他曾去看过处决一个杀人犯。他心里一生出去看杀人的念头，人就不舒服。然而他还是去了，回来之后他一上午吐了好一阵子。于是我对父亲有点厌恶。现在我理解了，这是如此的合乎情理。我以前怎么没看出来，没什么比死刑的执行更重要的了。总而言之，这是唯一真正让一个人感兴趣的事！万一我哪天能从这监狱里出去，我将会去看所有的死刑执行。我觉得，我去设想这个可能性是不对的。因为一想到某个清晨我自由了，站在执行现场的警戒线后面，也可以说是站在另一边，作为看客来看热闹，过后还会呕吐，一种恶毒的愉悦就会涌上心头。不过，这样想是不理智的。我不该任由自己去做这些假设，因为片刻之后，我浑身发寒，感觉冷得如此可怕，在被窝里缩成了一团。我的牙齿格格作响，难以自制。

不过，人自然不能永远是理智的。比如，有几次我设想过制定法律草案。我改革了刑罚制度。我注意到，主要的一点在于给被判死刑者一个机会。只要有千分之一的机会，这就足以安排很多事情。这样，我觉得人们可以找到一种化学化合物，服用后有九成的把握能杀死受刑者（我想到的是受刑者）。他对此是知晓的，这是前提条件。因为经过仔细思索和冷静观察，我看出断头台的缺点是对犯人来说没有任何机会，绝对没有一丝机会。总之，只此一下便一劳永逸，受刑者必死无疑。这好比是已然了结的案件，已决定好的联合，已谈妥了的协议，不可能再有转圜。如果问斩时万一失了准头，那就重新来过。因此，令人烦恼的问题是，被判死刑的犯人们都希望机器运转正常。我说，这就是不完善的一面。从某种意义上，这确实如此。但从另一种意义上，我不得不承认，一个高效的组织，其秘密全在于此。总而言之，死刑犯不得不在精神上进行合作。毕竟，一切运转正常不出意外对他是有好处的。

我亦不得不察觉到，直到现在，我对这些问题的想法并不准确。我在很长的时间里都以为——我也不知道为什么——上断头台必须从台阶走上台子。我觉得，这是因为 1789 年的大革命——我想说，这也即是因为人们教给我的或是让我意识到的种种关于这些问题的认知。但是一天早上，我想起一张登在报上的照片，那时正赶上一次引起轰动的处决。实际上，断头机就放在地上，再简单不过。它比我想的要窄很多。这真是好笑，我竟没有早点想到它。照片上的机器有着精密的外观，做工考究，闪闪发亮，这令我印象深刻。人对于自己不了解的东西，总会有夸张的想法。事实恰恰相反，我应该看到，一切都很简单：断头机与朝它走去的人处于同一水平线上。这人走上机器，就像走路碰到了另一个人。这也是令人烦恼的。登上断头台和离世升天，人的想象会把这两者给勾连起来。而这机器其实可摧毁一切——人被悄无声息地处死，有点可耻又非常精确。

还有两件事我一直心心念念：黎明和我的上诉。然而，我说服自己，试着不再去想这些。我笔直地躺着，仰望天空，勉强让自己对天空感兴趣。它变成绿色，这便到了黄昏时分。我又努力转移我的思路。我听着自己的心跳。我无法想象，陪伴了我这么久的心跳声有朝一日会终止。我从未有过真正的想象力。然而我试着想象某一刻，这颗心脏的跳动声在我的脑海里不再延续。但这样做徒劳无功。黎明和我的上诉依然挥之不去。我终于对自己说，最合理的方式就是不要强迫自己。

他们都是在黎明时分来，这我知道。因此，我熬着夜等待黎明。我从不喜欢事情突如其来。当我有什么事的时候，我更愿意有所准备。这就是为什么我最终只在白天睡一会儿，而整个晚上我都耐心地等待着天窗上出现一抹晨曦。最难熬的，是天快亮的那段不确定的时间，我知道他们通常是这时候动手[1]。过了午夜，我就等待着，戒备着。我的耳朵从未听到过这么多的声响，从未分辨过这么细微的声音。另外我可以说，在这段时期里，某种程度上我还是有点运气的，因为我从没听到过脚步声。妈妈常说，人从不会完全地倒霉倒到底。当天空由于黎明的到来而染上了色彩，新的一天悄悄溜进我的单人牢房，我便挺赞同妈妈的这句话。因为我本来没准儿会听到脚步声的，我的心本来没准儿会紧张到爆裂。即便是最轻微的走动都会让我冲到门边，将耳朵贴在木门上，我在狂乱中等待着，直到我听见自己的呼吸，并惊恐于发现这呼吸变得嘶哑，活像狗在喘气。终究，我的心没有爆裂，我又赢得了二十四小时。

在整个白天，我就琢磨我的上诉。我认为，我从这个念想

---

[1] 译者注：在法国，黎明时分是突然提审犯人的时间。

中得到了最好的决定。我估算我将得到的结果，我从思考中获益良多。我总是抱有最坏的设想：我的上诉被驳回。"这样，我就只有去死。"比别人死得更早，这是显然的。不过大家都知道，这种生活不值得过下去。实际上，我不是不知道，三十岁死和七十岁死没什么要紧，因为不论是哪种情况，其他男人和其他女人必然还得活着，几千年来都是这样。总之，没什么比这个更清楚的了。反正死的是我，不管是现在还是二十年之后。此刻，在我梳理这些的时候，让我不安的是，一想到未来二十年的生活，我感觉这是一种可怕的跳跃。但我只有平抑这跳跃感，想象着一旦我得活到二十年后我会是什么想法。赴死的那一刻，如何死以及何时死，这都无关紧要了，这是不言而喻的。因此（难就难在，别忽视这个"因此"所体现出来的所有推理上的逻辑），因此，如果我的上述被驳回，我应该接受。

这时，只有在这时，我才可以说有了权利，以某种方式允许自己做第二种假设：我获得特赦。这样令人烦恼的便是，我必须让血液和身体因为狂喜而产生的冲动别那么汹涌——这会使我睚眦欲裂。我必须努力克制住这呼喊，令其显得理智。我甚至必须在这个假设里表现得自然而然，以便使我在第一个假设中的逆来顺受更为站得住脚。当我成功地做到了这些，我获得了一个小时的平静。这还是值得去细想的。

正是在这样的时刻，我再一次拒绝见神甫。我躺在牢里，

从金黄色的天空猜想到黄昏正在降临。我刚放弃上诉，我能感
觉到血液在我体内正常流动。我不需要见神甫。很长一段时间
以来，我第一次想到了玛丽。她很多天没给我写信了。这个夜晚，
我思前想后，我觉得她可能已经厌倦了当一个死刑犯的情妇。
我还想到，她也许是病了或死了。生老病死，这是事物的规律。
既然我和她除了已经断掉的肉体关系之外，没有任何其他的东
西来维系，让我们彼此牵挂，那我怎么会知道她的近况呢？另外，
从此刻起，对玛丽的回忆在我来说已无所谓。她死了，我就不
再对她感兴趣。我觉得这很正常，就像我清楚地知道，我死了
之后别人会忘了我。他们跟我不再产生任何关联。我甚至不能说，
这么想是冷酷无情的。

　　恰好在这时，神甫进来了。当我看到他，我微微地颤抖了
一下。他发现了我的反应，跟我说不要怕。我对他说，他通常
是在另一个时间来的。他回答我说，这是一次完全友好的来访，
无关我的上诉，他对此一无所知。他在我的小床上坐下了，并
请我坐他旁边。我拒绝了。我觉得他的样子还是很和蔼。

　　他坐了一会儿，手放在膝盖上，头低着，看着他自己的双手。
他的双手细长且结实有力，让我联想到两只灵巧的野兽。他慢
慢地搓着两只手，然后就这么待着，始终低着头；这样过了好久，
以至于我觉得，我一度忘了他的存在。

　　但是，他突然抬起头，直视着我的脸问道："您为什么屡

次拒绝见我？"我回答说，我不信天主。他想知道我对此是否确定，我说，我没必要去问自己这个：我觉得这个问题不重要。他于是往后一仰，背靠着墙，两手平放在大腿上，几乎不像是对我说话的样子。他说人有时认为自己确定无疑，但实际上却并非如此。我什么都没说。他看着我，问道："您对此怎么想？"我回答说有可能吧。无论如何，我可能对真正令我感兴趣的东西不确定，但对于我不感兴趣的东西我非常确定。他跟我谈的东西恰恰是我不感兴趣的。

他把目光移开，姿势依然没变，问我这样不想跟他对话是不是因为极度绝望。我跟他解释，我没有绝望。我只是害怕，这很正常。他指出："天主会帮助您的。我见过处境跟您一样的人，他们都回到了天主那里。"我承认这是他们的权利。这也证明了他们有时间这么做。至于我，我不希望得到帮助，要让我对不感兴趣的东西感兴趣，我缺少的恰恰是时间。

这时，他气得做出了双手一挥的动作，但他挺直了身子，装着去理了理他袍子上的褶皱。当他理完之后，他跟我讲话了，并称呼我为"我的朋友"——他说这样跟我说话，并非因为我是死刑犯；在他看来，我们都被判了死刑。但是我打断了他并对他说，这不是一码事，另外无论如何，这并不能成为一种安慰。他表示同意："当然。您如果今天不死，以后也会死的。那时同样的问题还会提出来。您将如何面对这可怕的考验？"我回答说，我到时会完完全全像现在这样去应对这考验。

听到这话，他站了起来，两眼直直地盯着我。这种把戏我很熟悉。我常跟埃马纽埃尔和塞莱斯特这样自娱自乐，通常都是他们扛不住了把目光移开。神甫对这一套也很在行，我立刻就看出来了：他的目光没有丝毫抖动。当他对我说话时，他的声音也没有颤抖，很是坚定："所以，您就不存任何希望了？您就抱着您整个都将死去的想法活着吗？"我回答："是的。"

于是，他低下了头，重新坐下了。他对我说，他同情我。他认为一个男人无法忍受这处境。而我，我只感到他开始让我厌烦了。我转过身去，走到天窗下面。我的肩靠着墙。我不是很跟得上他的表述，但我听到他又开始对我提问。他讲话的语调焦急又恳切。我知道他情绪激动了，我便更专心一点地听他讲。

他对我说，他坚信我的上诉会被接受，但是我背负着沉重的罪孽，这必须得摆脱掉。据他说，人的裁判算不了什么，天主的裁判才至关重要。我指出，正是前者判了我死刑。他回答我说，然而人做出的判决并未洗去我的罪孽。我对他说，我不知道什么是罪孽。我只是被告知，我是一个罪犯。我犯了罪，我会付出代价，别人就不可以再对我提出任何其他要求。这时，他再次站了起来，我想，在如此狭窄的单人牢房里，如果他想动弹一下，也没得选择——他要么坐着，要么站着。

我的眼睛盯着地面。他朝我走了一步，又停下了，似乎他不敢再往前了。他透过天窗上的铁条看着天空。他对我说："您错了，我的孩子，我们可以对您有更多的要求。我们或许会对您提出来的。"

"那是什么要求呢？"

"我们会要求您去看。"

"看什么？"

神甫环顾其周围，他以一种我突然感觉变得疲惫的声音回答道："所有这些石头渗出来的都是痛苦，这我知道。我每一次看着它们，都深感不安。但是从内心深处我知道，你们当中最悲惨的人，看到了从这阴暗的石头里浮现出一张神圣的面容。我们要求您看的，就是这面容。"

我有点恼了。我说这些墙我看了有几个月了。我对它的熟悉胜过这世上的任何人和任何东西。或许，很久之前，我曾在墙上找过一张脸。但是那张脸闪耀着太阳的光泽和欲望的火焰：那是玛丽的脸。我的寻找终是徒劳。现在，结束了。在任何情况下，我从这潮湿渗水的石头里没看到过任何东西。

神甫用一种悲哀的神情看着我。我现在全身靠在墙上，阳光照我前额上。他说了些什么，我没听清，他又很快地问我，我是否允许他拥抱我。我回答道："不行。"他转过身，朝墙壁走去，缓缓地将手放在墙上，并低声说："难道您就是这样爱这个人世间的吗？"我什么都没回答。

他背对着我站了好久。他的在场令我不快和厌烦。我刚要请他离开，让我自己待着，他却朝我转过身，突然暴发，冲我大声道："不，我无法相信您的话。我确信，您曾希望过另一种生活。"我回答他说，那是当然，但这并不比希望发财、希望游泳游得飞快或希望有一张更好看的嘴更加重要。这都属于同一个范畴。但是他打断了我，他想知道我怎么看这另一种生活。于是，我对他叫道："那是一种我能回忆现在这种生活的生活。"我又立即对他说，这样的谈话我受够了。他还想跟我讲天主，但我朝他走过去，我试图最后一次跟他解释，我剩下的时间不多了，我不想把时间浪费在天主上。他尝试着改变话题，问我为什么我称他为"先生"而不是"我的父亲"。这把我惹毛了，我回答他说，他不是我的父亲：在其他人那儿他可以充当这身份。

他把手放在我肩上说："不，我的孩子，在您这儿我就是您的父亲。但您无法明白这一点，因为您有一颗迷失的心。我将为您祈祷。"

这时，我不知为什么，我身上好像有什么东西炸开了。我扯开嗓子大叫了起来，我咒骂他，叫他不要祈祷。我揪住了他长袍的领子。我把我心底里的想法全对他宣泄了出来，因为欢畅与愤怒交织在一起，我在说话时暴跳不止。他不是很确信的样子吗？但他的任何一丝确信都不抵女人的一根头发。他甚至连自己是否活着都不确信，因为他活得如同行尸走肉。而我，我是看上去两手空空，但我对自己、对一切都确信无疑，比他更有把握，我对自己的生命、对即将到来的这死亡都确信无疑。是的，我只有这份确信。但是至少，我抓住了这个真理，就如同这真理抓住了我一样。我以前有理，现在依然有理，将来永远有理。我以这种方式过日子，我也能以另一种方式过日子。我做了这事，我没做那事。我顾了此而失了彼。然后呢？似乎我一直在等待我被证明无罪的那一刻与那个黎明。没有任何东西，没有任何东西是重要的，我清楚地知道为什么。他也知道为什么。在我所度过的荒诞的一生中，有一阵幽暗的气息，从我未来的深处，穿过那些尚未到来的岁月，朝我回溯而来；这气息所经之处，将人们在未来给我的所有建议都变得无甚差异，这些未曾到来的岁月并不比我所活过的更加真实。他人的死，母亲的爱，对我有什么重要的？既然只有一种命运选中了我，而那些成千上万的幸运儿像他这个神甫一样自称是我的兄弟，那他们的天主，他们选择的生活，他们确定的命运，对我有什么重要的？他明白吗？他到底明白吗？大家都是幸运儿。世上只有幸运儿。其他人也一样，有朝一日会被判处死刑。他也一样，会被判处死刑。如果他被控杀人、被处决，就因为没在他母亲的葬礼上哭泣，这有什么重要的？萨拉马诺的狗和他妻子一样要紧。机器人般的小个子女人跟马松娶的巴黎女人、跟希望我娶她的玛丽一样，也是有罪的。塞莱斯特比雷蒙更厚道，他们都是我的朋友，这有什么重要的？玛丽今天将她的吻给了另一个默尔索，这有什么重要的？所以，他这个被判死刑的人明白吗，从我遥远的未来……我嘶吼出所有这些话，气都接不上了。但是，这时有人把神甫从我手里救了出去，看守们则对我予以恐吓。然而，神甫劝他们冷静下来，他静静地看了我一会儿。他眼里饱含着泪水。他转过身，走了。

神甫走了之后，我恢复了安静。我累坏了，栽倒在床上。我觉得我睡着了，因为我醒来的时候，漫天星光洒在我的脸上。乡间的种种声响一直传到了我这里。夜晚的气味、土地的芬芳与海风中盐的咸涩使我两鬓清凉。这沉睡中的夏夜无与伦比的宁静如潮水般涌向我。这时，在夜的尽头，响起了汽笛声。这声音预示着有人将出发前往某一个世界，这样的世界对我来说已永远地无关紧要了。很久以来，我第一次想到了妈妈。我觉得我理解了，为什么她到了晚年还找个"未婚夫"，为什么她要玩"重新开始"的游戏。在那里，在那里也一样，在这个生命如灯火般熄灭的养老院，夜晚如同一个令人伤感的间歇。离死亡如此之近，妈妈应该感到了解脱，准备将一切重温。没有人，没有人有权为她哭泣。我也一样，我感觉准备好了将一切重温。似乎方才这暴怒宣泄了我的痛苦，掏空了我的希望，面对这充满了预兆与星光的夜晚，我第一次向这世界温柔的冷漠敞开心扉。我体验到这世界与我如此相像，终还是有兄弟般的相亲相爱，我觉得我过去是幸福的，现在也依然幸福。为了一切止于至善，为了我感到少一些孤独，我期待着处决我的那一天观者如潮，他们以仇恨的呼喊迎接我的引颈受戮。

ALBERT CAMUS

L'ÉTRANGER

(1942)

Table des matières

PREMIÈRE PARTIE

I

Aujourd'hui, maman est morte. Ou peut-être hier, je ne sais pas. J'ai reçu un télégramme de l'asile :« Mère décédée. Enterrement demain. Sentiments distingués. » Cela ne veut rien dire. C'était peut-être hier.

L'asile de vieillards est à Marengo, à quatre-vingts kilomètres d'Alger. Je prendrai l'autobus à deux heures et j'arriverai dans l'après-midi. Ainsi, je pourrai veiller et je rentrerai demain soir. J'ai demandé deux jours de congé à mon patron et il ne pouvait pas me les refuser avec une excuse pareille. Mais il n'avait pas l'air content. Je lui ai même dit :« Ce n'est pas de ma faute. » Il n'a pas répondu. J'ai pensé alors que je n'aurais pas dû lui dire cela. En somme, je n'avais pas à m'excuser. C'était plutôt à lui de me présenter ses condoléances. Mais il le fera sans doute après-demain, quand il me verra en deuil. Pour le moment, c'est un peu comme si maman n'était pas morte. Après l'enterrement, au contraire, ce sera une affaire classée et tout aura revêtu une allure plus officielle.

J'ai pris l'autobus à deux heures. Il faisait très chaud. J'ai mangé au restaurant, chez Céleste, comme d'habitude. Ils avaient tous beaucoup de peine pour moi et Céleste m'a dit :« On n'a qu'une mère. » Quand je suis parti, ils m'ont accompagné à la porte. J'étais un peu étourdi parce qu'il a fallu que je monte chez Emmanuel pour lui emprunter une cravate noire et un brassard. Il a perdu son oncle, il y a quelques mois.

J'ai couru pour ne pas manquer le départ. Cette hâte, cette course, c'est à cause de tout cela sans doute, ajouté aux cahots, à l'odeur d'essence, à la réverbération de la route et du ciel, que je me suis assoupi. J'ai dormi pendant presque tout le trajet. Et quand je me suis réveillé, j'étais tassé contre un militaire qui m'a souri et qui m'a demandé si je venais de loin. J'ai dit « oui » pour n'avoir plus à parler.

L'asile est à deux kilomètres du village. J'ai fait le chemin à pied. J'ai voulu voir maman tout de suite. Mais le concierge m'a dit qu'il fallait que je rencontre le directeur. Comme il était occupé, j'ai attendu un peu. Pendant tout ce temps, le concierge a parlé et ensuite, j'ai vu le directeur : il m'a reçu dans son bureau. C'était un petit vieux, avec la Légion d'honneur. Il m'a regardé de ses yeux clairs. Puis il m'a serré la main qu'il a gardée si longtemps que je ne savais trop comment la retirer. Il a consulté un dossier et m'a dit :« Mme Meursault est entrée ici il y a trois ans. Vous étiez son seul soutien. » J'ai cru qu'il me reprochait quelque chose et j'ai commencé à lui expliquer. Mais il m'a interrompu :« Vous n'avez pas à vous justifier, mon cher enfant. J'ai lu le dossier de votre mère. Vous ne pouviez subvenir à ses besoins. Il lui fallait une garde. Vos salaires sont modestes. Et tout compte fait, elle était plus heureuse ici. » J'ai dit :« Oui, monsieur le Directeur. » Il a ajouté :« Vous savez, elle avait des amis, des gens de son âge. Elle pouvait partager avec eux des intérêts qui sont d'un autre temps. Vous êtes jeune et elle devait s'ennuyer avec vous. »

C'était vrai. Quand elle était à la maison, maman passait son temps à me suivre des yeux en silence. Dans les premiers jours où elle était à l'asile, elle pleurait souvent. Mais c'était à cause de l'habitude. Au bout de quelques mois, elle aurait pleuré si on l'avait retirée de l'asile. Toujours à cause de l'habitude. C'est un peu pour cela que dans la dernière année je n'y suis presque plus allé. Et aussi parce que cela me prenait mon dimanche – sans compter l'effort pour aller à l'autobus, prendre des tickets et faire deux heures de route.

Le directeur m'a encore parlé. Mais je ne l'écoutais presque plus. Puis il m'a dit :« Je suppose que vous voulez voir votre mère. » Je me suis levé sans rien dire et il m'a précédé vers la porte. Dans l'escalier, il m'a expliqué :« Nous l'avons transportée dans notre petite morgue. Pour ne pas impressionner les autres. Chaque fois qu'un pensionnaire meurt, les autres sont nerveux pendant deux ou trois jours. Et ça rend le service difficile. » Nous avons traversé une cour où il y avait beaucoup de vieillards, bavardant par petits groupes. Ils se taisaient quand nous passions. Et derrière nous, les conversations reprenaient. On aurait dit un jacassement assourdi de perruches. À la porte d'un petit bâtiment, le directeur m'a quitté :« Je vous laisse, monsieur Meursault. Je suis à votre disposition dans mon bureau. En principe, l'enterrement est fixé à dix heures du matin. Nous avons pensé que vous pourrez ainsi veiller la disparue. Un dernier mot : votre mère a, paraît-il, exprimé souvent à ses compagnons le désir d'être enterrée religieusement. J'ai pris sur moi de faire le nécessaire. Mais je voulais vous en informer. » Je l'ai remercié. Maman, sans être athée, n'avait jamais pensé de son vivant à la religion.

Je suis entré. C'était une salle très claire, blanchie à la chaux et recouverte d'une verrière. Elle était meublée de chaises et de chevalets en forme de X. Deux d'entre eux, au centre, supportaient une bière recouverte de son couvercle. On voyait seulement des vis brillantes, à peine enfoncées, se détacher sur les planches passées au brou de noix. Près de la bière, il y avait une infirmière arabe en sarrau blanc, un foulard de couleur vive sur la tête.

À ce moment, le concierge est entré derrière mon dos. Il avait dû courir. Il a bégayé un peu :« On l'a couverte, mais je dois dévisser la bière pour que vous puissiez la voir. » Il s'approchait de la bière quand je l'ai arrêté. Il m'a dit :« Vous ne voulez pas ?» J'ai répondu :« Non. » Il s'est interrompu et j'étais gêné parce que je sentais que je n'aurais pas dû dire cela. Au bout d'un moment, il m'a regardé et il m'a demandé :« Pourquoi ?» mais sans reproche, comme s'il s'informait. J'ai dit :« Je ne sais pas. » Alors, tortillant sa moustache blanche, il a déclaré sans me regarder :« Je comprends. » Il avait de beaux yeux, bleu clair, et un teint un peu rouge. Il m'a donné une chaise et lui-même s'est assis un peu en arrière de moi. La garde s'est levée et s'est dirigée vers la sortie. À ce moment, le concierge m'a dit :« C'est un chancre qu'elle a. » Comme je ne comprenais pas, j'ai regardé l'infirmière et j'ai vu qu'elle portait sous les yeux un bandeau qui faisait le tour de la tête. À la hauteur du nez, le bandeau était plat. On ne voyait que la blancheur du bandeau dans son visage.

Quand elle est partie, le concierge a parlé :« Je vais vous laisser seul. » Je ne sais pas quel geste j'ai fait, mais il est resté, debout derrière moi. Cette présence dans mon dos me gênait. La pièce était pleine d'une belle lumière de fin d'après-midi. Deux frelons bourdonnaient contre la verrière. Et je sentais le sommeil me gagner. J'ai dit au concierge, sans me retourner vers lui :« Il y a longtemps que vous êtes là ?» Immédiatement il a répondu :« Cinq ans » – comme s'il avait attendu depuis toujours ma demande.

Ensuite, il a beaucoup bavardé. On l'aurait bien étonné en lui disant qu'il finirait concierge à l'asile de Marengo. Il avait soixante-quatre ans et il était Parisien. À ce moment je l'ai interrompu :« Ah ! vous n'êtes pas d'ici ?» Puis je me suis souvenu qu'avant de me conduire chez le directeur, il m'avait parlé de maman. Il m'avait dit qu'il fallait l'enterrer très vite, parce que dans la plaine il faisait chaud, surtout dans ce pays. C'est alors qu'il m'avait appris qu'il avait vécu à Paris et qu'il avait du mal à l'oublier. À Paris, on reste avec le mort trois, quatre jours quelquefois. Ici on n'a pas le temps, on ne s'est pas fait à l'idée que déjà il faut courir derrière le corbillard. Sa femme lui avait dit alors :« Tais-toi, ce ne sont pas des choses à raconter à monsieur. » Le vieux avait rougi et s'était excusé. J'étais intervenu pour dire :« Mais non. Mais non. » Je trouvais ce qu'il racontait juste et intéressant.

Dans la petite morgue, il m'a appris qu'il était entré à l'asile comme indigent. Comme il se sentait valide, il s'était proposé pour cette place de concierge. Je lui ai fait remarquer qu'en somme il était un pensionnaire. Il m'a dit que non. J'avais déjà été frappé par la façon qu'il avait de dire :« ils » , « les autres » , et plus rarement « les vieux » , en parlant des pensionnaires dont certains n'étaient pas plus âgés que lui. Mais naturellement, ce n'était pas la même chose. Lui était concierge, et, dans une certaine mesure, il avait des droits sur eux.

La garde est entrée à ce moment. Le soir était tombé brusquement. Très vite, la nuit s'était épaissie au-dessus de la verrière. Le concierge a tourné le commutateur et j'ai été aveuglé par l'éclaboussement soudain de la lumière. Il m'a invité à me rendre au réfectoire pour dîner. Mais je n'avais pas faim. Il m'a offert alors d'apporter une tasse de café au lait. Comme j'aime beaucoup le café au lait, j'ai accepté et il est revenu un moment après avec un plateau. J'ai bu. J'ai eu alors envie de fumer. Mais j'ai hésité parce que je ne savais pas si je pouvais le faire devant maman. J'ai réfléchi, cela n'avait aucune importance. J'ai offert une cigarette au concierge et nous avons fumé.

À un moment, il m'a dit : « Vous savez, les amis de madame votre mère vont venir la veiller aussi. C'est la coutume. Il faut que j'aille chercher des chaises et du café noir. » Je lui ai demandé si on pouvait éteindre une des lampes. L'éclat de la lumière sur les murs blancs me fatiguait. Il m'a dit que ce n'était pas possible. L'installation était ainsi faite : c'était tout ou rien. Je n'ai plus beaucoup fait attention à lui. Il est sorti, est revenu, a disposé des chaises. Sur l'une d'elles, il a empilé des tasses autour d'une cafetière. Puis il s'est assis en face de moi, de l'autre côté de maman. La garde était aussi au fond, le dos tourné. Je ne voyais pas ce qu'elle faisait. Mais au mouvement de ses bras, je pouvais croire qu'elle tricotait. Il faisait doux, le café m'avait réchauffé et par la porte ouverte entrait une odeur de nuit et de fleurs. Je crois que j'ai somnolé un peu.

C'est un frôlement qui m'a réveillé. D'avoir fermé les yeux, la pièce m'a paru encore plus éclatante de blancheur. Devant moi, il n'y avait pas une ombre et chaque objet, chaque angle, toutes les courbes se dessinaient avec une pureté blessante pour les yeux. C'est à ce moment que les amis de maman sont entrés. Ils étaient en tout une dizaine, et ils glissaient en silence dans cette lumière aveuglante. Ils se sont assis sans qu'aucune chaise grinçât. Je les voyais comme je n'ai jamais vu personne et pas un détail de leurs visages ou de leurs habits ne m'échappait. Pourtant je ne les entendais pas et j'avais peine à croire à leur réalité. Presque toutes les femmes portaient un tablier et le cordon qui les serrait à la taille faisait encore ressortir leur ventre bombé. Je n'avais encore jamais remarqué à quel point les vieilles femmes pouvaient avoir du ventre. Les hommes étaient presque tous très maigres et tenaient des cannes. Ce qui me frappait dans leurs visages, c'est que je ne voyais pas leurs yeux, mais seulement une lueur sans éclat au milieu d'un nid de rides. Lorsqu'ils se sont assis, la plupart m'ont regardé et ont hoché la tête avec gêne, les lèvres toutes mangées par leur bouche sans dents, sans que je puisse savoir s'ils me saluaient ou s'il s'agissait d'un tic. Je crois plutôt qu'ils me saluaient. C'est à ce moment que je me suis aperçu qu'ils étaient tous assis en face de moi à dodeliner de la tête, autour du concierge. J'ai eu un moment l'impression ridicule qu'ils étaient là pour me juger.

Peu après, une des femmes s'est mise à pleurer. Elle était au second rang, cachée par une de ses compagnes, et je la voyais mal. Elle pleurait à petits cris, régulièrement : il me semblait qu'elle ne s'arrêterait jamais. Les autres avaient l'air de ne pas l'entendre. Ils étaient affaissés, mornes et silencieux. Ils regardaient la bière ou leur canne, ou n'importe quoi, mais ils ne regardaient que cela. La femme pleurait toujours. J'étais très étonné parce que je ne la connaissais pas. J'aurais voulu ne plus l'entendre. Pourtant je n'osais pas le lui dire. Le concierge s'est penché vers elle, lui a parlé, mais elle a secoué la tête, a bredouillé quelque chose, et a continué de pleurer avec la même régularité. Le concierge est venu alors de mon côté. Il s'est assis près de moi. Après un assez long moment, il m'a renseigné sans me regarder : « Elle était très liée avec madame votre mère. Elle dit que c'était sa seule amie ici et que maintenant elle n'a plus personne. »

Nous sommes restés un long moment ainsi. Les soupirs et les sanglots de la femme se faisaient plus rares. Elle reniflait beaucoup. Elle s'est tue enfin. Je n'avais plus sommeil, mais j'étais fatigué et les reins me faisaient mal. À présent c'était le silence de tous ces gens qui m'était pénible. De temps en temps seulement, j'entendais un bruit singulier et je ne pouvais comprendre ce qu'il était. À la longue, j'ai fini par deviner que quelques-uns d'entre les vieillards suçaient l'intérieur de leurs joues et laissaient échapper ces clappements bizarres. Ils ne s'en apercevaient pas tant ils étaient absorbés dans leurs pensées. J'avais même l'impression que cette morte, couchée au milieu d'eux, ne signifiait rien à leurs yeux. Mais je crois maintenant que c'était une impression fausse.

Nous avons tous pris du café, servi par le concierge. Ensuite, je ne sais plus. La nuit a passé. Je me souviens qu'à un moment j'ai ouvert les yeux et j'ai vu que les vieillards dormaient tassés sur eux-mêmes, à l'exception d'un seul qui, le menton sur le dos de ses mains agrippées à la canne, me regardait fixement comme s'il n'attendait que mon réveil. Puis j'ai encore dormi. Je me suis réveillé parce que j'avais de plus en plus mal aux reins. Le jour glissait sur la verrière. Peu après, l'un des vieillards s'est réveillé et il a beaucoup toussé. Il crachait dans un grand mouchoir à carreaux et chacun de ses crachats était comme un arrachement. Il a réveillé les autres et le concierge a dit qu'ils devraient partir. Ils se sont levés. Cette veille incommode leur avait fait des visages de cendre. En sortant, et à mon grand étonnement, ils m'ont tous serré la main – comme si cette nuit où nous n'avions pas échangé un mot avait accru notre intimité.

J'étais fatigué. Le concierge m'a conduit chez lui et j'ai pu faire un peu de toilette. J'ai encore pris du café au lait qui était très bon. Quand je suis sorti, le jour était complètement levé. Au-dessus des collines qui séparent Marengo de la mer, le ciel était plein de rougeurs. Et le vent qui passait au-dessus d'elles apportait ici une odeur de sel. C'était une belle journée qui se préparait. Il y avait longtemps que j'étais allé à la campagne et je sentais quel plaisir j'aurais pris à me promener s'il n'y avait pas eu maman.

Mais j'ai attendu dans la cour, sous un platane. Je respirais l'odeur de la terre fraîche et je n'avais plus sommeil. J'ai pensé aux collègues du bureau. À cette heure, ils se levaient pour aller au travail : pour moi c'était toujours l'heure la plus difficile. J'ai encore réfléchi un peu à ces choses, mais j'ai été distrait par une cloche qui sonnait à l'intérieur des bâtiments. Il y a eu du remue-ménage derrière les fenêtres, puis tout s'est calmé. Le soleil était monté un peu plus dans le ciel : il commençait à chauffer mes pieds. Le concierge a traversé la cour et m'a dit que le directeur me demandait. Je suis allé dans son bureau. Il m'a fait signer un certain nombre de pièces. J'ai vu qu'il était habillé de noir avec un pantalon rayé. Il a pris le téléphone en main et il m'a interpellé :« Les employés des pompes funèbres sont là depuis un moment. Je vais leur demander de venir fermer la bière. Voulez-vous auparavant voir votre mère une dernière fois ?» J'ai dit non. Il a ordonné dans le téléphone en baissant la voix :« Figeac, dites aux hommes qu'ils peuvent aller. »

Ensuite il m'a dit qu'il assisterait à l'enterrement et je l'ai remercié. Il s'est assis derrière son bureau, il a croisé ses petites jambes. Il m'a averti que moi et lui serions seuls, avec l'infirmière de service. En principe, les pensionnaires ne devaient pas assister aux enterrements. Il les laissait seulement veiller :« C'est une question d'humanité » , a-t-il remarqué. Mais en l'espèce, il avait accordé l'autorisation de suivre le convoi à un vieil ami de maman :« Thomas Pérez. » Ici, le directeur a souri. Il m'a dit :« Vous comprenez, c'est un sentiment un peu puéril. Mais lui et votre mère ne se quittaient guère. À l'asile, on les plaisantait, on disait à Pérez : « C'est votre fiancée. » Lui riait. Ça leur faisait plaisir. Et le fait est que la mort de Mme Meursault l'a beaucoup affecté. Je n'ai pas cru devoir lui refuser l'autorisation. Mais sur le conseil du médecin visiteur, je lui ai interdit la veillée d'hier. »

Nous sommes restés silencieux assez longtemps. Le directeur s'est levé et a regardé par la fenêtre de son bureau. À un moment, il a

observé :« Voilà déjà le curé de Marengo. Il est en avance. » Il m'a
prévenu qu'il faudrait au moins trois quarts d'heure de marche pour
aller à l'église qui est au village même. Nous sommes descendus.
Devant le bâtiment, il y avait le curé et deux enfants de chœur.
L'un de ceux-ci tenait un encensoir et le prêtre se baissait vers lui
pour régler la longueur de la chaîne d'argent. Quand nous sommes
arrivés, le prêtre s'est relevé. Il m'a appelé « mon fils » et m'a dit
quelques mots. Il est entré ; je l'ai suivi.

J'ai vu d'un coup que les vis de la bière étaient enfoncées et qu'il
y avait quatre hommes noirs dans la pièce. J'ai entendu en même
temps le directeur me dire que la voiture attendait sur la route et le
prêtre commencer ses prières. À partir de ce moment, tout est allé
très vite. Les hommes se sont avancés vers la bière avec un drap.
Le prêtre, ses suivants, le directeur et moi-même sommes sortis.
Devant la porte, il y avait une dame que je ne connaissais pas :« M.
Meursault » , a dit le directeur. Je n'ai pas entendu le nom de cette
dame et j'ai compris seulement qu'elle était infirmière déléguée.
Elle a incliné sans un sourire son visage osseux et long. Puis nous
nous sommes rangés pour laisser passer le corps. Nous avons suivi
les porteurs et nous sommes sortis de l'asile. Devant la porte, il y
avait la voiture. Vernie, oblongue et brillante, elle faisait penser à
un plumier. À côté d'elle, il y avait, l'ordonnateur, petit homme aux
habits ridicules, et un vieillard à l'allure empruntée. J'ai compris
que c'était M. Pérez. Il avait un feutre mou à la calotte ronde et aux
ailes larges (il l'a ôté quand la bière a passé la porte), un costume
dont le pantalon tirebouchonnait sur les souliers et un nœud d'étoffe
noire trop petit pour sa chemise à grand col blanc. Ses lèvres

tremblaient au-dessous d'un nez truffé de points noirs. Ses cheveux blancs assez fins laissaient passer de curieuses oreilles ballantes et mal ourlées dont la couleur rouge sang dans ce visage blafard me frappa. L'ordonnateur nous donna nos places. Le curé marchait en avant, puis la voiture. Autour d'elle, les quatre hommes. Derrière, le directeur, moi-même et, fermant la marche, l'infirmière déléguée et M. Pérez.

Le ciel était déjà plein de soleil. Il commençait à peser sur la terre et la chaleur augmentait rapidement. Je ne sais pas pourquoi nous avons attendu assez longtemps avant de nous mettre en marche. J'avais chaud sous mes vêtements sombres. Le petit vieux, qui s'était recouvert, a de nouveau ôté son chapeau. Je m'étais un peu tourné de son côté, et je le regardais lorsque le directeur m'a parlé de lui. Il m'a dit que souvent ma mère et M. Pérez allaient se promener le soir jusqu'au village, accompagnés d'une infirmière. Je regardais la campagne autour de moi. À travers les lignes de cyprès qui menaient aux collines près du ciel, cette terre rousse et verte, ces maisons rares et bien dessinées, je comprenais maman. Le soir, dans ce pays, devait être comme une trêve mélancolique. Aujourd'hui, le soleil débordant qui faisait tressaillir le paysage le rendait inhumain et déprimant.

Nous nous sommes mis en marche. C'est à ce moment que je me suis aperçu que Pérez claudiquait légèrement. La voiture, peu à peu, prenait de la vitesse et le vieillard perdait du terrain. L'un des hommes qui entouraient la voiture s'était laissé dépasser aussi et marchait maintenant à mon niveau. J'étais surpris de la rapidité avec laquelle le soleil montait dans le ciel. Je me suis aperçu qu'il y avait déjà longtemps que la campagne bourdonnait du chant des insectes et de crépitements d'herbe. La sueur coulait sur mes joues. Comme je n'avais pas de chapeau, je m'éventais avec mon mouchoir. L'employé des pompes funèbres m'a dit alors quelque chose que je n'ai pas entendu. En même temps, il s'essuyait le crâne avec un mouchoir qu'il tenait dans sa main gauche, la main droite soulevant le bord de sa casquette. Je lui ai dit :« Comment ?» Il a répété en montrant le ciel :« Ça tape. » J'ai dit :« Oui. » Un peu après, il m'a demandé :« C'est votre mère qui est là ?» J'ai encore dit :« Oui. » « Elle était vieille ?» J'ai répondu :« Comme ça » , parce que je ne savais pas le chiffre exact. Ensuite, il s'est tu. Je me suis retourné et j'ai vu le vieux Pérez à une cinquantaine de mètres derrière nous. Il se hâtait en balançant son feutre à bout de bras. J'ai regardé aussi le directeur. Il marchait avec beaucoup de dignité, sans un geste inutile. Quelques gouttes de sueur perlaient sur son front, mais il ne les essuyait pas.

Il me semblait que le convoi marchait un peu plus vite. Autour de moi c'était toujours la même campagne lumineuse gorgée de soleil. L'éclat du ciel était insoutenable. À un moment donné, nous sommes passés sur une partie de la route qui avait été récemment refaite. Le soleil avait fait éclater le goudron. Les pieds y enfonçaient et laissaient ouverte sa pulpe brillante. Au-dessus de la voiture, le chapeau du cocher, en cuir bouilli, semblait avoir été pétri dans cette boue noire. J'étais un peu perdu entre le ciel bleu et blanc et la monotonie de ces couleurs, noir gluant du goudron ouvert, noir terne des habits, noir laqué de la voiture. Tout cela, le soleil, l'odeur de cuir et de crottin de la voiture, celle du vernis et celle de l'encens, la fatigue d'une nuit d'insomnie, me troublait le regard et les idées. Je me suis retourné une fois de plus : Pérez m'a paru très loin, perdu dans une nuée de chaleur, puis je ne l'ai plus aperçu. Je l'ai cherché du regard et j'ai vu qu'il avait quitté la route et pris à travers champs. J'ai constaté aussi que devant moi la route tournait. J'ai compris que Pérez qui connaissait le pays coupait au plus court pour nous rattraper. Au tournant il nous avait rejoints. Puis nous l'avons perdu. Il a repris encore à travers champs et comme cela plusieurs fois. Moi, je sentais le sang qui me battait aux tempes.

Tout s'est passé ensuite avec tant de précipitation, de certitude et de naturel, que je ne me souviens plus de rien. Une chose seulement : à l'entrée du village, l'infirmière déléguée m'a parlé. Elle avait une voix singulière qui n'allait pas avec son visage, une voix mélodieuse et tremblante. Elle m'a dit :« Si on va doucement, on risque une insolation. Mais si on va trop vite, on est en transpiration et dans l'église on attrape un chaud et froid. » Elle avait raison. Il n'y avait pas d'issue. J'ai encore gardé quelques images de cette journée : par exemple, le visage de Pérez quand, pour la dernière fois, il nous a rejoints près du village. De grosses larmes d'énervement et de peine ruisselaient sur ses joues. Mais, à cause des rides, elles ne s'écoulaient pas. Elles s'étalaient, se rejoignaient et formaient un vernis d'eau sur ce visage détruit. Il y a eu encore l'église et les villageois sur les trottoirs, les géraniums rouges sur les tombes du cimetière, l'évanouissement de Pérez (on eût dit un pantin disloqué), la terre couleur de sang qui roulait sur la bière de maman, la chair blanche des racines qui s'y mêlaient, encore du monde, des voix, le village, l'attente devant un café, l'incessant ronflement du moteur, et ma joie quand l'autobus est entré dans le nid de lumières d'Alger et que j'ai pensé que j'allais me coucher et dormir pendant douze heures.

II

En me réveillant, j'ai compris pourquoi mon patron avait l'air mécontent quand je lui ai demandé mes deux jours de congé : c'est aujourd'hui samedi. Je l'avais pour ainsi dire oublié, mais en me levant, cette idée m'est venue. Mon patron, tout naturellement, a pensé que j'aurais ainsi quatre jours de vacances avec mon dimanche et cela ne pouvait pas lui faire plaisir. Mais d'une part, ce n'est pas de ma faute si on a enterré maman hier au lieu d'aujourd'hui et d'autre part, j'aurais eu mon samedi et mon dimanche de toute façon. Bien entendu, cela ne m'empêche pas de comprendre tout de même mon patron.

J'ai eu de la peine à me lever parce que j'étais fatigué de ma journée d'hier. Pendant que je me rasais, je me suis demandé ce que j'allais faire et j'ai décidé d'aller me baigner. J'ai pris le tram pour aller à l'établissement de bains du port. Là, j'ai plongé dans la passe. Il y avait beaucoup de jeunes gens. J'ai retrouvé dans l'eau Marie Cardona, une ancienne dactylo de mon bureau dont j'avais eu envie à l'époque. Elle aussi, je crois. Mais elle est partie peu après et nous n'avons pas eu le temps. Je l'ai aidée à monter sur une bouée et, dans ce mouvement, j'ai effleuré ses seins. J'étais encore dans l'eau quand elle était déjà à plat ventre sur la bouée. Elle s'est retournée vers moi. Elle avait les cheveux dans les yeux et elle riait. Je me suis hissé à côté d'elle sur la bouée. Il faisait bon et, comme en plaisantant, j'ai laissé aller ma tête en arrière et je l'ai posée sur son ventre. Elle n'a rien dit et je suis resté ainsi. J'avais tout le ciel dans les yeux et il était bleu et doré. Sous ma nuque, je sentais le ventre de Marie battre doucement. Nous sommes restés longtemps sur la bouée, à moitié endormis. Quand le soleil est devenu trop fort, elle a plongé et je l'ai suivie. Je l'ai rattrapée, j'ai passé ma main autour de sa taille et nous avons nagé ensemble. Elle riait toujours. Sur le quai, pendant que nous nous séchions, elle m'a dit : « Je suis plus brune que vous. » Je lui ai demandé si elle voulait venir au cinéma, le soir. Elle a encore ri et m'a dit qu'elle avait envie de voir un film avec Fernandel. Quand nous nous sommes rhabillés, elle a eu l'air très surprise de me voir avec une cravate noire et elle m'a demandé si j'étais en deuil. Je lui ai dit que maman était morte. Comme elle voulait savoir depuis quand, j'ai répondu : « Depuis hier. » Elle a eu un petit recul, mais n'a fait aucune remarque. J'ai eu envie de lui dire que ce n'était pas de ma faute, mais je me suis arrêté parce que j'ai pensé que je l'avais déjà dit à mon patron. Cela ne signifiait rien. De toute façon, on est toujours un peu fautif.

Le soir, Marie avait tout oublié. Le film était drôle par moments et puis vraiment trop bête. Elle avait sa jambe contre la mienne. Je lui caressais les seins. Vers la fin de la séance, je l'ai embrassée, mais mal. En sortant, elle est venue chez moi.

Quand je me suis réveillé, Marie était partie. Elle m'avait expliqué qu'elle devait aller chez sa tante. J'ai pensé que c'était dimanche et cela m'a ennuyé : je n'aime pas le dimanche. Alors, je me suis retourné dans mon lit, j'ai cherché dans le traversin l'odeur de sel que les cheveux de Marie y avaient laissée et j'ai dormi jusqu'à dix heures. J'ai fumé ensuite des cigarettes, toujours couché, jusqu'à midi. Je ne voulais pas déjeuner chez Céleste comme d'habitude parce que, certainement, ils m'auraient posé des questions et je n'aime pas cela. Je me suis fait cuire des œufs et je les ai mangés à même le plat, sans pain parce que je n'en avais plus et que je ne voulais pas descendre pour en acheter.

Après le déjeuner, je me suis ennuyé un peu et j'ai erré dans l'appartement. Il était commode quand maman était là. Maintenant il est trop grand pour moi et j'ai dû transporter dans ma chambre la table de la salle à manger. Je ne vis plus que dans cette pièce, entre les chaises de paille un peu creusées, l'armoire dont la glace est jaunie, la table de toilette et le lit de cuivre. Le reste est à l'abandon. Un peu plus tard, pour faire quelque chose, j'ai pris un vieux journal et je l'ai lu. J'y ai découpé une réclame des sels Kruschen et je l'ai collée dans un vieux cahier où je mets les choses qui m'amusent dans les journaux. Je me suis aussi lavé les mains et, pour finir, je me suis mis au balcon.

Ma chambre donne sur la rue principale du faubourg. L'après-midi était beau. Cependant, le pavé était gras, les gens rares et pressés encore. C'étaient d'abord des familles allant en promenade, deux petits garçons en costume marin, la culotte au-dessous du genou, un peu empêtrés dans leurs vêtements raides, et une petite fille avec un gros nœud rose et des souliers noirs vernis. Derrière eux, une mère énorme, en robe de soie marron, et le père, un petit homme assez frêle que je connais de vue. Il avait un canotier, un nœud papillon et une canne à la main. En le voyant avec sa femme, j'ai compris pourquoi dans le quartier on disait de lui qu'il était distingué. Un peu plus tard passèrent les jeunes gens du faubourg, cheveux laqués et cravate rouge, le veston très cintré, avec une pochette brodée et des souliers à bouts carrés. J'ai pensé qu'ils allaient aux cinémas du centre. C'était pourquoi ils partaient si tôt et se dépêchaient vers le tram en riant très fort.

Après eux, la rue peu à peu est devenue déserte. Les spectacles étaient partout commencés, je crois. Il n'y avait plus dans la rue que les boutiquiers et les chats. Le ciel était pur mais sans éclat au-dessus des ficus qui bordent la rue. Sur le trottoir d'en face, le marchand de tabac a sorti une chaise, l'a installée devant sa porte et l'a enfourchée en s'appuyant des deux bras sur le dossier. Les trams tout à l'heure bondés étaient presque vides. Dans le petit café « Chez Pierrot », à côté du marchand de tabac, le garçon balayait de la sciure dans la salle déserte. C'était vraiment dimanche.

J'ai retourné ma chaise et je l'ai placée comme celle du marchand de tabac parce que j'ai trouvé que c'était plus commode. J'ai fumé deux cigarettes, je suis rentré pour prendre un morceau de chocolat et je suis revenu le manger à la fenêtre. Peu après, le ciel s'est assombri et j'ai cru que nous allions avoir un orage d'été. Il s'est découvert peu à peu cependant. Mais le passage des nuées avait laissé sur la rue comme une promesse de pluie qui l'a rendue plus sombre. Je suis resté longtemps à regarder le ciel.

À cinq heures, des tramways sont arrivés dans le bruit. Ils ramenaient du stade de banlieue des grappes de spectateurs perchés sur les marchepieds et les rambardes. Les tramways suivants ont ramené les joueurs que j'ai reconnus à leurs petites valises. Ils hurlaient et chantaient à pleins poumons que leur club ne périrait pas. Plusieurs m'ont fait des signes. L'un m'a même crié :« On les a eus. » Et j'ai fait :« Oui » , en secouant la tête. À partir de ce moment, les autos ont commencé à affluer.

La journée a tourné encore un peu. Au-dessus des toits, le ciel est devenu rougeâtre et, avec le soir naissant, les rues se sont animées. Les promeneurs revenaient peu à peu. J'ai reconnu le monsieur distingué au milieu d'autres. Les enfants pleuraient ou se laissaient traîner. Presque aussitôt, les cinémas du quartier ont déversé dans la rue un flot de spectateurs. Parmi eux, les jeunes gens avaient des gestes plus décidés que d'habitude et j'ai pensé qu'ils avaient vu un film d'aventures. Ceux qui revenaient des cinémas de la ville arrivèrent un peu plus tard. Ils semblaient plus graves. Ils riaient encore, mais de temps en temps, ils paraissaient fatigués et songeurs. Ils sont restés dans la rue, allant et venant sur le trottoir d'en face. Les jeunes filles du quartier, en cheveux, se tenaient par le bras. Les jeunes gens s'étaient arrangés pour les croiser et ils lançaient des plaisanteries dont elles riaient en détournant la tête. Plusieurs d'entre elles, que je connaissais, m'ont fait des signes.

Les lampes de la rue se sont alors allumées brusquement et elles ont fait pâlir les premières étoiles qui montaient dans la nuit. J'ai senti mes yeux se fatiguer à regarder les trottoirs avec leur chargement d'hommes et de lumières. Les lampes faisaient luire le pavé mouillé, et les tramways, à intervalles réguliers, mettaient leurs reflets sur des cheveux brillants, un sourire ou un bracelet d'argent. Peu après, avec les tramways plus rares et la nuit déjà noire au-dessus des arbres et des lampes, le quartier s'est vidé insensiblement, jusqu'à ce que le premier chat traverse lentement la rue de nouveau déserte. J'ai pensé alors qu'il fallait dîner. J'avais un peu mal au cou d'être resté longtemps appuyé sur le dos de ma chaise. Je suis descendu acheter du pain et des pâtes, j'ai fait ma cuisine et j'ai mangé debout. J'ai voulu fumer une cigarette à la fenêtre, mais l'air avait fraîchi et j'ai eu un peu froid. J'ai fermé mes fenêtres et en revenant j'ai vu dans la glace un bout de table où ma lampe à alcool voisinait avec des morceaux de pain. J'ai pensé que c'était toujours un dimanche de tiré, que maman était maintenant enterrée, que j'allais reprendre mon travail et que, somme toute, il n'y avait rien de changé.

III

Aujourd'hui j'ai beaucoup travaillé au bureau. Le patron a été aimable. Il m'a demandé si je n'étais pas trop fatigué et il a voulu savoir aussi l'âge de maman. J'ai dit « une soixantaine d'années », pour ne pas me tromper et je ne sais pas pourquoi il a eu l'air d'être soulagé et de considérer que c'était une affaire terminée.

Il y avait un tas de connaissements qui s'amoncelaient sur ma table et il a fallu que je les dépouille tous. Avant de quitter le bureau pour aller déjeuner, je me suis lavé les mains. À midi, j'aime bien ce moment. Le soir, j'y trouve moins de plaisir parce que la serviette roulante qu'on utilise est tout à fait humide : elle a servi toute la journée. J'en ai fait la remarque un jour à mon patron. Il m'a répondu qu'il trouvait cela regrettable, mais que c'était tout de même un détail sans importance. Je suis sorti un peu tard, à midi et demi, avec Emmanuel, qui travaille à l'expédition. Le bureau donne sur la mer et nous avons perdu un moment à regarder les cargos dans le port brûlant de soleil. À ce moment, un camion est arrivé dans un fracas de chaînes et d'explosions. Emmanuel m'a demandé « si on y allait » et je me suis mis à courir. Le camion nous a dépassés et nous nous sommes lancés à sa poursuite. J'étais noyé dans le bruit et la poussière. Je ne voyais plus rien et ne sentais que cet élan désordonné de la course, au milieu des treuils et des machines, des mâts qui dansaient sur l'horizon et des coques que nous longions. J'ai pris appui le premier et j'ai sauté au vol. Puis j'ai aidé Emmanuel à s'asseoir. Nous étions hors de souffle, le camion sautait sur les pavés inégaux du quai, au milieu de la poussière et du soleil. Emmanuel riait à perdre haleine.

Nous sommes arrivés en nage chez Céleste. Il était toujours là, avec son gros ventre, son tablier et ses moustaches blanches. Il m'a demandé si « ça allait quand même » . Je lui ai dit que oui et que j'avais faim. J'ai mangé très vite et j'ai pris du café. Puis je suis rentré chez moi, j'ai dormi un peu parce que j'avais trop bu de vin et, en me réveillant, j'ai eu envie de fumer. Il était tard et j'ai couru pour attraper un tram. J'ai travaillé tout l'après-midi. Il faisait très chaud dans le bureau et le soir, en sortant, j'ai été heureux de revenir en marchant lentement le long des quais. Le ciel était vert, je me sentais content. Tout de même, je suis rentré directement chez moi parce que je voulais me préparer des pommes de terre bouillies.

En montant, dans l'escalier noir, j'ai heurté le vieux Salamano, mon voisin de palier. Il était avec son chien. Il y a huit ans qu'on les voit ensemble. L'épagneul a une maladie de peau, le rouge, je crois, qui lui fait perdre presque tous ses poils et qui le couvre de plaques et de croûtes brunes. À force de vivre avec lui, seuls tous les deux dans une petite chambre, le vieux Salamano a fini par lui ressembler. Il a des croûtes rougeâtres sur le visage et le poil jaune et rare. Le chien, lui, a pris de son patron une sorte d'allure voûtée, le museau en avant et le cou tendu. Ils ont l'air de la même race et pourtant ils se détestent. Deux fois par jour, à onze heures et à six heures, le vieux mène son chien promener. Depuis huit ans, ils n'ont pas changé leur itinéraire. On peut les voir le long de la rue de Lyon[1], le chien tirant l'homme jusqu'à ce que le vieux Salamano bute. Il bat

---

1 C'est un des rares repères géographiques mentionnés dans le roman, situant l'appartement de Meursault dans le quartier populaire de Belcourt à Alger où Albert Camus a grandi. Ce nom de rue fait revivre tout un quartier et un style de vie appartenant à l'époque coloniale révolue.

son chien alors et il l'insulte. Le chien rampe de frayeur et se laisse traîner. À ce moment, c'est au vieux de le tirer. Quand le chien a oublié, il entraîne de nouveau son maître et il est de nouveau battu et insulté. Alors, ils restent tous les deux sur le trottoir et ils se regardent, le chien avec terreur, l'homme avec haine. C'est ainsi tous les jours. Quand le chien veut uriner, le vieux ne lui en laisse pas le temps et il le tire, l'épagneul semant derrière lui une traînée de petites gouttes. Si par hasard, le chien fait dans la chambre, alors il est encore battu. Il y a huit ans que cela dure. Céleste dit toujours que « c'est malheureux », mais au fond, personne ne peut savoir. Quand je l'ai rencontré dans l'escalier, Salamano était en train d'insulter son chien. Il lui disait :« Salaud ! Charogne ! » et le chien gémissait. J'ai dit :« Bonsoir », mais le vieux insultait toujours. Alors je lui ai demandé ce que le chien lui avait fait. Il ne m'a pas répondu. Il disait seulement :« Salaud ! Charogne ! » Je le devinais, penché sur son chien, en train d'arranger quelque chose sur le collier. J'ai parlé plus fort. Alors sans se retourner, il m'a répondu avec une sorte de rage rentrée :« Il est toujours là. » Puis il est parti en tirant la bête qui se laissait traîner sur ses quatre pattes, et gémissait.

Juste à ce moment est entré mon deuxième voisin de palier. Dans le quartier, on dit qu'il vit des femmes. Quand on lui demande son métier, pourtant, il est « magasinier ». En général, il n'est guère aimé. Mais il me parle souvent et quelquefois il passe un moment chez moi parce que je l'écoute. Je trouve que ce qu'il dit est intéressant. D'ailleurs, je n'ai aucune raison de ne pas lui parler. Il s'appelle Raymond Sintès. Il est assez petit, avec de larges épaules et un nez de boxeur. Il est toujours habillé très correctement. Lui aussi m'a dit, en parlant de Salamano :« Si c'est pas malheureux !» Il m'a demandé si ça ne me dégoûtait pas et j'ai répondu que non.

Nous sommes montés et j'allais le quitter quand il m'a dit :« J'ai chez moi du boudin et du vin. Si vous voulez manger un morceau avec moi ? ... » J'ai pensé que cela m'éviterait de faire ma cuisine et j'ai accepté. Lui aussi n'a qu'une chambre, avec une cuisine sans fenêtre. Au-dessus de son lit, il a un ange en stuc blanc et rose, des photos de champions et deux ou trois clichés de femmes nues. La chambre était sale et le lit défait. Il a d'abord allumé sa lampe à pétrole, puis il a sorti un pansement assez douteux de sa poche et a enveloppé sa main droite. Je lui ai demandé ce qu'il avait. Il m'a dit qu'il avait eu une bagarre avec un type qui lui cherchait des histoires.

« Vous comprenez, monsieur Meursault, m'a-t-il dit, c'est pas que je suis méchant, mais je suis vif. L'autre, il m'a dit : «Descends du tram si tu es un homme. » Je lui ai dit : « Allez, reste tranquille. » Il m'a dit que je n'étais pas un homme. Alors je suis descendu et je lui ai dit : « Assez, ça vaut mieux, ou je vais te mûrir[1]. » Il m'a répondu : « De quoi ? » Alors je lui en ai donné un. Il est tombé. Moi, j'allais le relever. Mais il m'a donné des coups de pied de par terre. Alors je lui ai donné un coup de genou et deux taquets. Il avait la figure en sang. Je lui ai demandé s'il avait son compte. Il m'a dit : « Oui.»

Pendant tout ce temps, Sintès arrangeait son pansement. J'étais

---

1 Raymond parle le langage argotique algérois, dit le français « cagayou » . L'expression ici est une métaphore qui exprime la menace de frapper son adversaire jusqu'à le « ramollir » complè-tement, comme un fruit mûr.

assis sur le lit. Il m'a dit :« Vous voyez que je ne l'ai pas cherché. C'est lui qui m'a manqué. » C'était vrai et je l'ai reconnu. Alors il m'a déclaré que, justement, il voulait me demander un conseil au sujet de cette affaire, que moi, j'étais un homme, je connaissais la vie, que je pouvais l'aider et qu'ensuite il serait mon copain. Je n'ai rien dit et il m'a demandé encore si je voulais être son copain. J'ai dit que ça m'était égal : il a eu l'air content. Il a sorti du boudin, il l'a fait cuire à la poêle, et il a installé des verres, des assiettes, des couverts et deux bouteilles de vin. Tout cela en silence. Puis nous nous sommes installés. En mangeant, il a commencé à me raconter son histoire. Il hésitait d'abord un peu. « J'ai connu une dame... c'était pour autant dire ma maîtresse. » L'homme avec qui il s'était battu était le frère de cette femme. Il m'a dit qu'il l'avait entretenue. Je n'ai rien répondu et pourtant il a ajouté tout de suite qu'il savait ce qu'on disait dans le quartier, mais qu'il avait sa conscience pour lui et qu'il était magasinier.

« Pour en venir à mon histoire, m'a-t-il dit, je me suis aperçu qu'il y avait de la tromperie. » Il lui donnait juste de quoi vivre. Il payait lui-même le loyer de sa chambre et il lui donnait vingt francs par jour pour la nourriture. « Trois cents francs de chambre, six cents francs de nourriture, une paire de bas de temps en temps, ça faisait mille francs. Et madame ne travaillait pas. Mais elle me disait que c'était juste, qu'elle n'arrivait pas avec ce que je lui donnais. Pourtant, je lui disais : « Pourquoi tu travailles pas une demi-journée ? Tu me soulagerais bien pour toutes ces petites choses. Je t'ai acheté un ensemble ce mois-ci, je te paye vingt francs par jour, je te paye le loyer et toi, tu prends le café l'après-midi avec tes amies.

Tu leur donnes le café et le sucre. Moi, je te donne l'argent. J'ai bien agi avec toi et tu me le rends mal. » Mais elle ne travaillait pas, elle disait toujours qu'elle n'arrivait pas et c'est comme ça que je me suis aperçu qu'il y avait de la tromperie. »

Il m'a alors raconté qu'il avait trouvé un billet de loterie dans son sac et qu'elle n'avait pas pu lui expliquer comment elle l'avait acheté. Un peu plus tard, il avait trouvé chez elle « une indication[1] » du mont-de-piété[2] qui prouvait qu'elle avait engagé deux bracelets. Jusque-là, il ignorait l'existence de ces bracelets. « J'ai bien vu qu'il y avait de la tromperie. Alors, je l'ai quittée. Mais d'abord, je l'ai tapée. Et puis, je lui ai dit ses vérités. Je lui ai dit que tout ce qu'elle voulait, c'était s'amuser avec sa chose. Comme je lui ai dit, vous comprenez, monsieur Meursault : « Tu ne vois pas que le monde il est jaloux du bonheur que je te donne. Tu connaîtras plus tard le bonheur que tu avais. »

Il l'avait battue jusqu'au sang. Auparavant, il ne la battait pas. « Je la tapais, mais tendrement pour ainsi dire. Elle criait un peu. Je fermais les volets et ça finissait comme toujours. Mais maintenant, c'est sérieux. Et pour moi, je l'ai pas assez punie. »

Il m'a expliqué alors que c'était pour cela qu'il avait besoin d'un conseil. Il s'est arrêté pour régler la mèche de la lampe qui charbonnait. Moi, je l'écoutais toujours. J'avais bu près d'un litre de vin et j'avais très chaud aux tempes. Je fumais les cigarettes

---

1 Un reçu.

2 Expression d'usage courant pour désigner l'organisme municipal de prêt sur gages.

de Raymond parce qu'il ne m'en restait plus. Les derniers trams passaient et emportaient avec eux les bruits maintenant lointains du faubourg. Raymond a continué. Ce qui l'ennuyait, « c'est qu'il avait encore un sentiment pour son coït » . Mais il voulait la punir. Il avait d'abord pensé à l'emmener dans un hôtel et à appeler les « mœurs » pour causer un scandale et la faire mettre en carte. Ensuite, il s'était adressé à des amis qu'il avait dans le milieu. Ils n'avaient rien trouvé. Et comme me le faisait remarquer Raymond, c'était bien la peine d'être du milieu. Il le leur avait dit et ils avaient alors proposé de la « marquer » . Mais ce n'était pas ce qu'il voulait. Il allait réfléchir. Auparavant il voulait me demander quelque chose. D'ailleurs, avant de me le demander, il voulait savoir ce que je pensais de cette histoire. J'ai répondu que je n'en pensais rien mais que c'était intéressant. Il m'a demandé si je pensais qu'il y avait de la tromperie, et moi, il me semblait bien qu'il y avait de la tromperie, si je trouvais qu'on devait la punir et ce que je ferais à sa place, je lui ai dit qu'on ne pouvait jamais savoir, mais je comprenais qu'il veuille la punir. J'ai encore bu un peu de vin. Il a allumé une cigarette et il m'a découvert son idée. Il voulait lui écrire une lettre « avec des coups de pied et en même temps des choses pour la faire regretter » . Après, quand elle reviendrait, il coucherait avec elle et « juste au moment de finir » il lui cracherait à la figure et il la mettrait dehors. J'ai trouvé qu'en effet, de cette façon, elle serait punie. Mais Raymond m'a dit qu'il ne se sentait pas capable de faire la lettre qu'il fallait et qu'il avait pensé à moi pour la rédiger. Comme je ne disais rien, il m'a demandé si cela m'ennuierait de le faire tout de suite et j'ai répondu que non.

Il s'est alors levé après avoir bu un verre de vin. Il a repoussé les assiettes et le peu de boudin froid que nous avions laissé. Il a soigneusement essuyé la toile cirée de la table. Il a pris dans un tiroir de sa table de nuit une feuille de papier quadrillé, une enveloppe jaune, un petit porte-plume de bois rouge et un encrier carré d'encre violette. Quand il m'a dit le nom de la femme, j'ai vu que c'était une Mauresque. J'ai fait la lettre. Je l'ai écrite un peu au hasard, mais je me suis appliqué à contenter Raymond parce que je n'avais pas de raison de ne pas le contenter. Puis j'ai lu la lettre à haute voix. Il m'a écouté en fumant et en hochant la tête, puis il m'a demandé de la relire. Il a été tout à fait content. Il m'a dit : « Je savais bien que tu connaissais la vie. » Je ne me suis pas aperçu d'abord qu'il me tutoyait. C'est seulement quand il m'a déclaré : « Maintenant, tu es un vrai copain » , que cela m'a frappé. Il a répété sa phrase et j'ai dit : « Oui. » Cela m'était égal d'être son copain et il avait vraiment l'air d'en avoir envie. Il a cacheté la lettre et nous avons fini le vin. Puis nous sommes restés un moment à fumer sans rien dire. Au-dehors, tout était calme, nous avons entendu le glissement d'une auto qui passait. J'ai dit : « Il est tard. » Raymond le pensait aussi. Il a remarqué que le temps passait vite et, dans un sens, c'était vrai. J'avais sommeil, mais j'avais de la peine à me lever. J'ai dû avoir l'air fatigué parce que Raymond m'a dit qu'il ne fallait pas se laisser aller. D'abord, je n'ai pas compris. Il m'a expliqué alors qu'il avait appris la mort de maman mais que c'était une chose qui devait arriver un jour ou l'autre. C'était aussi mon avis.

Je me suis levé, Raymond m'a serré la main très fort et m'a dit qu'entre hommes on se comprenait toujours. En sortant de chez lui, j'ai refermé la porte et je suis resté un moment dans le noir, sur le palier. La maison était calme et des profondeurs de la cage d'escalier montait un souffle obscur et humide. Je n'entendais que les coups de mon sang qui bourdonnait à mes oreilles. Je suis resté immobile. Mais dans la chambre du vieux Salamano, le chien a gémi sourdement.

IV

J'ai bien travaillé toute la semaine, Raymond est venu et m'a dit qu'il avait envoyé la lettre. Je suis allé au cinéma deux fois avec Emmanuel qui ne comprend pas toujours ce qui se passe sur l'écran. Il faut alors lui donner des explications. Hier, c'était samedi et Marie est venue, comme nous en étions convenus. J'ai eu très envie d'elle parce qu'elle avait une belle robe à raies rouges et blanches et des sandales de cuir. On devinait ses seins durs et le brun du soleil lui faisait un visage de fleur. Nous avons pris un autobus et nous sommes allés à quelques kilomètres d'Alger, sur une plage resserrée entre des rochers et bordée de roseaux du côté de la terre. Le soleil de quatre heures n'était pas trop chaud, mais l'eau était tiède, avec de petites vagues longues et paresseuses. Marie m'a appris un jeu. Il fallait, en nageant, boire à la crête des vagues, accumuler dans sa bouche toute l'écume et se mettre ensuite sur le dos pour la projeter contre le ciel. Cela faisait alors une dentelle mousseuse qui disparaissait dans l'air ou me retombait en pluie tiède sur le visage. Mais au bout de quelque temps, j'avais la bouche brûlée par l'amertume du sel. Marie m'a rejoint alors et s'est collée à moi dans l'eau. Elle a mis sa bouche contre la mienne. Sa langue rafraîchissait mes lèvres et nous nous sommes roulés dans les vagues pendant un moment.

Quand nous nous sommes rhabillés sur la plage, Marie me regardait avec des yeux brillants. Je l'ai embrassée. À partir de ce moment, nous n'avons plus parlé. Je l'ai tenue contre moi et nous avons été pressés de trouver un autobus, de rentrer, d'aller chez moi et de nous jeter sur mon lit. J'avais laissé ma fenêtre ouverte et c'était bon de sentir la nuit d'été couler sur nos corps bruns.

Ce matin, Marie est restée et je lui ai dit que nous déjeunerions ensemble. Je suis descendu pour acheter de la viande. En remontant, j'ai entendu une voix de femme dans la chambre de Raymond. Un peu après, le vieux Salamano a grondé son chien, nous avons entendu un bruit de semelles et de griffes sur les marches en bois de l'escalier et puis : « Salaud, charogne », ils sont sortis dans la rue. J'ai raconté à Marie l'histoire du vieux et elle a ri. Elle avait un de mes pyjamas dont elle avait retroussé les manches. Quand elle a ri, j'ai eu encore envie d'elle. Un moment après, elle m'a demandé si je l'aimais. Je lui ai répondu que cela ne voulait rien dire, mais qu'il me semblait que non. Elle a eu l'air triste. Mais en préparant le déjeuner, et à propos de rien, elle a encore ri de telle façon que je l'ai embrassée. C'est à ce moment que les bruits d'une dispute ont éclaté chez Raymond.

On a d'abord entendu une voix aiguë de femme et puis Raymond qui disait : « Tu m'as manqué, tu m'as manqué[1]. Je vais t'apprendre à me manquer. » Quelques bruits sourds et la femme a hurlé, mais de si terrible façon qu'immédiatement le palier s'est empli de monde. Marie et moi nous sommes sortis aussi. La femme criait toujours et Raymond frappait toujours. Marie m'a dit que c'était terrible et je n'ai rien répondu. Elle m'a demandé d'aller chercher un agent, mais

---

1 L'expression appartient au registre argotique algérois qui caractérise le langage de Raymond (voir note p.32). Ell signifie « tu as mal agi envers moi », « tu m'as fait du tort », et elle exprime les raisons de la vengeance du personnage.

je lui ai dit que je n'aimais pas les agents. Pourtant, il en est arrivé un avec le locataire du deuxième qui est plombier. Il a frappé à la porte et on n'a plus rien entendu. Il a frappé plus fort et au bout d'un moment, la femme a pleuré et Raymond a ouvert. Il avait une cigarette à la bouche et l'air doucereux. La fille s'est précipitée à la porte et a déclaré à l'agent que Raymond l'avait frappée. « Ton nom » , a dit l'agent. Raymond a répondu. « Enlève ta cigarette de la bouche quand tu me parles » , a dit l'agent. Raymond a hésité, m'a regardé et a tiré sur sa cigarette. À ce moment, l'agent l'a giflé à toute volée d'une claque épaisse et lourde, en pleine joue. La cigarette est tombée quelques mètres plus loin. Raymond a changé de visage, mais il n'a rien dit sur le moment et puis il a demandé d'une voix humble s'il pouvait ramasser son mégot. L'agent a déclaré qu'il le pouvait et il a ajouté : « Mais la prochaine fois, tu sauras qu'un agent n'est pas un guignol. » Pendant ce temps, la fille pleurait et elle a répété : « Il m'a tapée. C'est un maquereau. » – « Monsieur l'agent, a demandé alors Raymond, c'est dans la loi, ça, de dire maquereau à un homme ? » Mais l'agent lui a ordonné « de fermer sa gueule » . Raymond s'est alors retourné vers la fille et il lui a dit : « Attends, petite, on se retrouvera. » L'agent lui a dit de fermer ça, que la fille devait partir et lui rester dans sa chambre en attendant d'être convoqué au commissariat. Il a ajouté que Raymond devrait avoir honte d'être soûl au point de trembler comme il le faisait. À ce moment, Raymond lui a expliqué : « Je ne suis pas soûl, monsieur l'agent. Seulement, je suis là, devant vous, et je tremble, c'est forcé. » Il a fermé sa porte et tout le monde est parti. Marie et moi avons fini de préparer le déjeuner. Mais elle n'avait pas faim, j'ai presque tout mangé. Elle est partie à une heure et j'ai dormi un peu.

Vers trois heures, on a frappé à ma porte et Raymond est entré. Je suis resté couché. Il s'est assis sur le bord de mon lit. Il est resté un moment sans parler et je lui ai demandé comment son affaire s'était passée. Il m'a raconté qu'il avait fait ce qu'il voulait mais qu'elle lui avait donné une gifle et qu'alors il l'avait battue. Pour le reste, je l'avais vu. Je lui ai dit qu'il me semblait que maintenant elle était punie et qu'il devait être content. C'était aussi son avis, et il a observé que l'agent avait beau faire, il ne changerait rien aux coups qu'elle avait reçus. Il a ajouté qu'il connaissait bien les agents et qu'il savait comment il fallait s'y prendre avec eux. Il m'a demandé alors si j'avais attendu qu'il réponde à la gifle de l'agent. J'ai répondu que je n'attendais rien du tout et que d'ailleurs je n'aimais pas les agents. Raymond a eu l'air très content. Il m'a demandé si je voulais sortir avec lui. Je me suis levé et j'ai commencé à me peigner. Il m'a dit qu'il fallait que je lui serve de témoin. Moi cela m'était égal, mais je ne savais pas ce que je devais dire. Selon Raymond, il suffisait de déclarer que la fille lui avait manqué. J'ai accepté de lui servir de témoin.

Nous sommes sortis et Raymond m'a offert une fine. Puis il a voulu faire une partie de billard et j'ai perdu de justesse. Il voulait ensuite aller au bordel, mais j'ai dit non parce que je n'aime pas ça. Alors nous sommes rentrés doucement et il me disait combien il était content d'avoir réussi à punir sa maîtresse. Je le trouvais très gentil avec moi et j'ai pensé que c'était un bon moment.

De loin, j'ai aperçu sur le pas de la porte le vieux Salamano qui avait l'air agité. Quand nous nous sommes rapprochés, j'ai vu qu'il n'avait pas son chien. Il regardait de tous les côtés, tournait sur lui-même, tentait de percer le noir du couloir, marmonnait des mots sans suite et recommençait à fouiller la rue de ses petits yeux rouges. Quand Raymond lui a demandé ce qu'il avait, il n'a pas répondu tout de suite. J'ai vaguement entendu qu'il murmurait :« Salaud, charogne » , et il continuait à s'agiter. Je lui ai demandé où était son chien. Il m'a répondu brusquement qu'il était parti. Et puis tout d'un coup, il a parlé avec volubilité :« Je l'ai emmené au Champ de Manœuvres, comme d'habitude. Il y avait du monde, autour des baraques foraines. Je me suis arrêté pour regarder « le Roi de l'Évasion » . Et quand j'ai voulu repartir, il n'était plus là. Bien sûr, il y a longtemps que je voulais lui acheter un collier moins grand. Mais je n'aurais jamais cru que cette charogne pourrait partir comme ça. »

Raymond lui a expliqué alors que le chien avait pu s'égarer et qu'il allait revenir. Il lui a cité des exemples de chiens qui avaient fait des dizaines de kilomètres pour retrouver leur maître. Malgré cela, le vieux a eu l'air plus agité. « Mais ils me le prendront, vous comprenez. Si encore quelqu'un le recueillait. Mais ce n'est pas possible, il dégoûte tout le monde avec ses croûtes. Les agents le prendront, c'est sûr. » Je lui ai dit alors qu'il devait aller à la fourrière et qu'on le lui rendrait moyennant le paiement de quelques droits. Il m'a demandé si ces droits étaient élevés. Je ne savais pas. Alors, il s'est mis en colère :« Donner de l'argent pour cette charogne. Ah ! il peut bien crever !» Et il s'est mis à l'insulter. Raymond a ri et a pénétré dans la maison. Je l'ai suivi et nous

nous sommes quittés sur le palier de l'étage. Un moment après, j'ai entendu le pas du vieux et il a frappé à ma porte. Quand j'ai ouvert, il est resté un moment sur le seuil et il m'a dit :« Excusez-moi, excusez-moi. » Je l'ai invité à entrer, mais il n'a pas voulu. Il regardait la pointe de ses souliers et ses mains croûteuses tremblaient. Sans me faire face, il m'a demandé :« Ils ne vont pas me le prendre, dites, monsieur Meursault. Ils vont me le rendre. Ou qu'est-ce que je vais devenir ?» Je lui ai dit que la fourrière gardait les chiens trois jours à la disposition de leurs propriétaires et qu'ensuite elle en faisait ce que bon lui semblait. Il m'a regardé en silence. Puis il m'a dit :« Bonsoir. » Il a fermé sa porte et je l'ai entendu aller et venir. Son lit a craqué. Et au bizarre petit bruit qui a traversé la cloison, j'ai compris qu'il pleurait. Je ne sais pas pourquoi j'ai pensé à maman. Mais il fallait que je me lève tôt le lendemain. Je n'avais pas faim et je me suis couché sans dîner.

V

Raymond m'a téléphoné au bureau. Il m'a dit qu'un de ses amis (il lui avait parlé de moi) m'invitait à passer la journée de dimanche dans son cabanon, près d'Alger. J'ai répondu que je le voulais bien, mais que j'avais promis ma journée à une amie. Raymond m'a tout de suite déclaré qu'il l'invitait aussi. La femme de son ami serait très contente de ne pas être seule au milieu d'un groupe d'hommes.

J'ai voulu raccrocher tout de suite parce que je sais que le patron n'aime pas qu'on nous téléphone de la ville. Mais Raymond m'a demandé d'attendre et il m'a dit qu'il aurait pu me transmettre cette invitation le soir, mais qu'il voulait m'avertir d'autre chose. Il avait été suivi toute la journée par un groupe d'Arabes parmi lesquels se trouvait le frère de son ancienne maîtresse. « Si tu le vois près de la maison ce soir en rentrant, avertis-moi. » J'ai dit que c'était entendu.

Peu après, le patron m'a fait appeler et, sur le moment, j'ai été ennuyé parce que j'ai pensé qu'il allait me dire de moins téléphoner et de mieux travailler. Ce n'était pas cela du tout. Il m'a déclaré qu'il allait me parler d'un projet encore très vague. Il voulait seulement avoir mon avis sur la question. Il avait l'intention d'installer un bureau à Paris qui traiterait ses affaires sur la place, et directement, avec les grandes compagnies et il voulait savoir si j'étais disposé à y aller. Cela me permettrait de vivre à Paris et aussi de voyager une partie de l'année. « Vous êtes jeune, et il me semble que c'est une vie qui doit vous plaire. » J'ai dit que oui mais que dans le fond cela m'était égal. Il m'a demandé alors si je n'étais pas intéressé par un changement de vie. J'ai répondu qu'on ne changeait jamais de vie, qu'en tout cas toutes se valaient et que la mienne ici ne me déplaisait pas du tout. Il a eu l'air mécontent, m'a dit que je répondais toujours à côté, que je n'avais pas d'ambition et que cela était désastreux dans les affaires. Je suis retourné travailler alors. J'aurais préféré ne pas le mécontenter, mais je ne voyais pas de raison pour changer ma vie. En y réfléchissant bien, je n'étais pas malheureux. Quand j'étais étudiant, j'avais beaucoup d'ambitions de ce genre. Mais quand j'ai dû abandonner mes études, j'ai très vite compris que tout cela était sans importance réelle.

Le soir, Marie est venue me chercher et m'a demandé si je voulais me marier avec elle. J'ai dit que cela m'était égal et que nous pourrions le faire si elle le voulait. Elle a voulu savoir alors si je l'aimais. J'ai répondu comme je l'avais déjà fait une fois, que cela ne signifiait rien mais que sans doute je ne l'aimais pas. « Pourquoi m'épouser alors ? » a-t-elle dit. Je lui ai expliqué que cela n'avait aucune importance et que si elle le désirait, nous pouvions nous marier. D'ailleurs, c'était elle qui le demandait et moi je me contentais de dire oui. Elle a observé alors que le mariage était une chose grave. J'ai répondu :« Non. » Elle s'est tue un moment et elle m'a regardé en silence. Puis elle a parlé. Elle voulait simplement savoir si j'aurais accepté la même proposition venant d'une autre femme, à qui je serais attaché de la même façon. J'ai dit :« Naturellement. » Elle s'est demandé alors si elle m'aimait et moi, je ne pouvais rien savoir sur ce point. Après un autre moment de silence, elle a murmuré que j'étais bizarre, qu'elle m'aimait sans doute à cause de cela mais que peut-être un jour je la dégoûterais pour les mêmes raisons. Comme je me taisais, n'ayant rien à ajouter, elle m'a pris le bras en souriant et elle a déclaré qu'elle voulait se marier avec moi. J'ai répondu que nous le ferions dès qu'elle le voudrait. Je lui ai parlé alors de la proposition du patron et Marie m'a dit qu'elle aimerait connaître Paris. Je lui ai appris que j'y avais vécu dans un temps et elle m'a demandé comment c'était. Je lui ai dit : « C'est sale. Il y a des pigeons et des cours noires. Les gens ont la peau blanche. »

Puis nous avons marché et traversé la ville par ses grandes rues. Les femmes étaient belles et j'ai demandé à Marie si elle le remarquait. Elle m'a dit que oui et qu'elle me comprenait. Pendant un moment, nous n'avons plus parlé. Je voulais cependant qu'elle reste avec moi et je lui ai dit que nous pouvions dîner ensemble chez Céleste. Elle en avait bien envie, mais elle avait à faire. Nous étions près de chez moi et je lui ai dit au revoir. Elle m'a regardé : « Tu ne veux pas savoir ce que j'ai à faire ? » Je voulais bien le savoir, mais je n'y avais pas pensé et c'est ce qu'elle avait l'air de me reprocher. Alors, devant mon air empêtré, elle a encore ri et elle a eu vers moi un mouvement de tout le corps pour me tendre sa bouche.

J'ai dîné chez Céleste. J'avais déjà commencé à manger lorsqu'il est entré une bizarre petite femme qui m'a demandé si elle pouvait s'asseoir à ma table. Naturellement, elle le pouvait. Elle avait des gestes saccadés et des yeux brillants dans une petite figure de pomme. Elle s'est débarrassée de sa jaquette, s'est assise et a consulté fiévreusement la carte. Elle a appelé Céleste et a commandé immédiatement tous ses plats d'une voix à la fois précise et précipitée. En attendant les hors-d'œuvre, elle a ouvert son sac, en a sorti un petit carré de papier et un crayon, a fait d'avance l'addition, puis a tiré d'un gousset, augmentée du pourboire, la somme exacte qu'elle a placée devant elle. À ce moment, on lui a apporté des hors-d'œuvre qu'elle a engloutis à toute vitesse. En attendant le plat suivant, elle a encore sorti de son sac un crayon bleu et un magazine qui donnait les programmes radiophoniques de la semaine. Avec beaucoup de soin, elle a coché une à une presque toutes les émissions. Comme le magazine avait une douzaine de pages, elle a continué ce travail méticuleusement pendant tout le repas. J'avais déjà fini qu'elle cochait encore avec la même application. Puis elle s'est levée, a remis sa jaquette avec les mêmes gestes précis d'automate et elle est partie. Comme je n'avais rien à faire, je suis sorti aussi et je l'ai suivie un moment. Elle s'était placée sur la bordure du trottoir et avec une vitesse et une sûreté incroyables, elle suivait son chemin sans dévier et sans se retourner. J'ai fini par la perdre de vue et par revenir sur mes pas. J'ai pensé qu'elle était bizarre, mais je l'ai oubliée assez vite.

Sur le pas de ma porte, j'ai trouvé le vieux Salamano. Je l'ai fait entrer et il m'a appris que son chien était perdu, car il n'était pas à la fourrière. Les employés lui avaient dit que, peut-être, il avait été écrasé. Il avait demandé s'il n'était pas possible de le savoir dans les commissariats. On lui avait répondu qu'on ne gardait pas trace de ces choses-là, parce qu'elles arrivaient tous les jours. J'ai dit au vieux Salamano qu'il pourrait avoir un autre chien, mais il a eu raison de me faire remarquer qu'il était habitué à celui-là.

J'étais accroupi sur mon lit et Salamano s'était assis sur une chaise devant la table. Il me faisait face et il avait ses deux mains sur les genoux. Il avait gardé son vieux feutre. Il mâchonnait des bouts de phrases sous sa moustache jaunie. Il m'ennuyait un peu, mais je n'avais rien à faire et je n'avais pas sommeil. Pour dire quelque chose, je l'ai interrogé sur son chien. Il m'a dit qu'il l'avait eu après la mort de sa femme. Il s'était marié assez tard. Dans sa jeunesse, il avait eu envie de faire du théâtre : au régiment il jouait dans les vaudevilles militaires. Mais finalement, il était entré dans les chemins de fer et il ne le regrettait pas, parce que maintenant il avait une petite retraite. Il n'avait pas été heureux avec sa femme, mais dans l'ensemble il s'était bien habitué à elle. Quand elle était morte, il s'était senti très seul. Alors, il avait demandé un chien à un camarade d'atelier et il avait eu celui-là très jeune. Il avait fallu le nourrir au biberon. Mais comme un chien vit moins qu'un homme, ils avaient fini par être vieux ensemble. « Il avait mauvais caractère, m'a dit Salamano. De temps en temps, on avait des prises de bec. Mais c'était un bon chien quand même. » J'ai dit qu'il était de belle race et Salamano a eu l'air content. « Et encore, a-t-il ajouté, vous ne l'avez pas connu avant sa maladie. C'était le poil qu'il avait de plus beau. » Tous les soirs et tous les matins, depuis que le chien avait eu cette maladie de peau, Salamano le passait à la pommade. Mais selon lui, sa vraie maladie, c'était la vieillesse, et la vieillesse ne se guérit pas.

À ce moment, j'ai bâillé et le vieux m'a annoncé qu'il allait partir. Je lui ai dit qu'il pouvait rester, et que j'étais ennuyé de ce qui était arrivé à son chien : il m'a remercié. Il m'a dit que maman aimait beaucoup son chien. En parlant d'elle, il l'appelait « votre pauvre mère ». Il a émis la supposition que je devais être bien malheureux depuis que maman était morte et je n'ai rien répondu. Il m'a dit alors, très vite et avec un air gêné, qu'il savait que dans le quartier on m'avait mal jugé parce que j'avais mis ma mère à l'asile, mais il me connaissait et il savait que j'aimais beaucoup maman. J'ai répondu, je ne sais pas encore pourquoi, que j'ignorais jusqu'ici qu'on me jugeât mal à cet égard, mais que l'asile m'avait paru une chose naturelle puisque je n'avais pas assez d'argent pour faire garder maman. « D'ailleurs, ai-je ajouté, il y avait longtemps qu'elle n'avait rien à me dire et qu'elle s'ennuyait toute seule. – Oui, m'a-t-il dit, et à l'asile, du moins, on se fait des camarades. » Puis il s'est excusé. Il voulait dormir. Sa vie avait changé maintenant et il ne savait pas trop ce qu'il allait faire. Pour la première fois depuis que je le connaissais, d'un geste furtif, il m'a tendu la main et j'ai senti les écailles de sa peau. Il a souri un peu et avant de partir, il m'a dit :« J'espère que les chiens n'aboieront pas cette nuit. Je crois toujours que c'est le mien. »

VI

Le dimanche, j'ai eu de la peine à me réveiller et il a fallu que Marie m'appelle et me secoue. Nous n'avons pas mangé parce que nous voulions nous baigner tôt. Je me sentais tout à fait vide et j'avais un peu mal à la tête. Ma cigarette avait un goût amer. Marie s'est moquée de moi parce qu'elle disait que j'avais « une tête d'enterrement ». Elle avait mis une robe de toile blanche et lâché ses cheveux. Je lui ai dit qu'elle était belle, elle a ri de plaisir.

En descendant, nous avons frappé à la porte de Raymond. Il nous a répondu qu'il descendait. Dans la rue, à cause de ma fatigue et aussi parce que nous n'avions pas ouvert les persiennes, le jour, déjà tout plein de soleil, m'a frappé comme une gifle. Marie sautait de joie et n'arrêtait pas de dire qu'il faisait beau. Je me suis senti mieux et je me suis aperçu que j'avais faim. Je l'ai dit à Marie qui m'a montré son sac en toile cirée où elle avait mis nos deux maillots et une serviette. Je n'avais plus qu'à attendre et nous avons entendu Raymond fermer sa porte. Il avait un pantalon bleu et une chemise blanche à manches courtes. Mais il avait mis un canotier, ce qui a fait rire Marie, et ses avant-bras étaient très blancs sous les poils noirs. J'en étais un peu dégoûté. Il sifflait en descendant et il avait l'air très content. Il m'a dit : « Salut, vieux », et il a appelé Marie « mademoiselle ».

La veille nous étions allés au commissariat et j'avais témoigné que la fille avait « manqué » à Raymond. Il en a été quitte pour un avertissement. On n'a pas contrôlé mon affirmation. Devant la porte, nous en avons parlé avec Raymond, puis nous avons décidé de prendre l'autobus. La plage n'était pas très loin, mais nous irions plus vite ainsi. Raymond pensait que son ami serait content de nous voir arriver tôt. Nous allions partir quand Raymond, tout d'un coup, m'a fait signe de regarder en face. J'ai vu un groupe d'Arabes adossés à la devanture du bureau de tabac. Ils nous regardaient en silence, mais à leur manière, ni plus ni moins que si nous étions des pierres ou des arbres morts. Raymond m'a dit que le deuxième à partir de la gauche était son type, et il a eu l'air préoccupé. Il a ajouté que, pourtant, c'était maintenant une histoire finie. Marie ne comprenait pas très bien et nous a demandé ce qu'il y avait. Je lui ai dit que c'étaient des Arabes qui en voulaient à Raymond. Elle a voulu qu'on parte tout de suite. Raymond s'est redressé et il a ri en disant qu'il fallait se dépêcher.

Nous sommes allés vers l'arrêt d'autobus qui était un peu plus loin et Raymond m'a annoncé que les Arabes ne nous suivaient pas. Je me suis retourné. Ils étaient toujours à la même place et ils regardaient avec la même indifférence l'endroit que nous venions de quitter. Nous avons pris l'autobus. Raymond, qui paraissait tout à fait soulagé, n'arrêtait pas de faire des plaisanteries pour Marie. J'ai senti qu'elle lui plaisait, mais elle ne lui répondait presque pas. De temps en temps, elle le regardait en riant.

Nous sommes descendus dans la banlieue d'Alger. La plage n'est pas loin de l'arrêt d'autobus. Mais il a fallu traverser un petit plateau qui domine la mer et qui dévale ensuite vers la plage. Il était couvert de pierres jaunâtres et d'asphodèles tout blancs sur le bleu déjà dur du ciel. Marie s'amusait à en éparpiller les pétales à grands coups de son sac de toile cirée. Nous avons marché entre des files de petites villas à barrières vertes ou blanches, quelques-unes enfouies avec leurs vérandas sous les tamaris, quelques autres nues au milieu des pierres. Avant d'arriver au bord du plateau, on pouvait voir déjà la mer immobile et plus loin un cap somnolent et massif dans l'eau claire. Un léger bruit de moteur est monté dans l'air calme jusqu'à nous. Et nous avons vu, très loin, un petit chalutier qui avançait, imperceptiblement, sur la mer éclatante. Marie a cueilli quelques iris de roche. De la pente qui descendait vers la mer nous avons vu qu'il y avait déjà quelques baigneurs.

L'ami de Raymond habitait un petit cabanon de bois à l'extrémité de la plage. La maison était adossée à des rochers et les pilotis qui la soutenaient sur le devant baignaient déjà dans l'eau. Raymond nous a présentés. Son ami s'appelait Masson. C'était un grand type, massif de taille et d'épaules, avec une petite femme ronde et gentille, à l'accent parisien. Il nous a dit tout de suite de nous mettre à l'aise et qu'il y avait une friture de poissons qu'il avait péchés le matin même. Je lui ai dit combien je trouvais sa maison jolie. Il m'a appris qu'il y venait passer le samedi, le dimanche et tous ses jours de congé. « Avec ma femme, on s'entend bien », a-t-il ajouté. Justement, sa femme riait avec Marie. Pour la première fois peut-être, j'ai pensé vraiment que j'allais me marier.

Masson voulait se baigner, mais sa femme et Raymond ne voulaient pas venir. Nous sommes descendus tous les trois et Marie s'est immédiatement jetée dans l'eau. Masson et moi, nous avons attendu un peu. Lui parlait lentement et j'ai remarqué qu'il avait l'habitude de compléter tout ce qu'il avançait par un « et je dirai plus » , même quand, au fond, il n'ajoutait rien au sens de sa phrase. À propos de Marie, il m'a dit :« Elle est épatante, et je dirai plus, charmante. » Puis je n'ai plus fait attention à ce tic parce que j'étais occupé à éprouver que le soleil me faisait du bien. Le sable commençait à chauffer sous les pieds. J'ai retardé encore l'envie que j'avais de l'eau, mais j'ai fini par dire à Masson :« On y va ?» J'ai plongé. Lui est entré dans l'eau doucement et s'est jeté quand il a perdu pied. Il nageait à la brasse et assez mal, de sorte que je l'ai laissé pour rejoindre Marie. L'eau était froide et j'étais content de nager. Avec Marie, nous nous sommes éloignés et nous nous sentions d'accord dans nos gestes et dans notre contentement.

Au large, nous avons fait la planche et sur mon visage tourné vers le ciel le soleil écartait les derniers voiles d'eau qui me coulaient dans la bouche. Nous avons vu que Masson regagnait la plage pour s'étendre au soleil. De loin, il paraissait énorme. Marie a voulu que nous nagions ensemble. Je me suis mis derrière elle pour la prendre par la taille et elle avançait à la force des bras pendant que je l'aidais en battant des pieds. Le petit bruit de l'eau battue nous a suivis dans le matin jusqu'à ce que je me sente fatigué. Alors j'ai laissé Marie et je suis rentré en nageant régulièrement et en respirant bien. Sur la plage, je me suis étendu à plat ventre près de Masson et j'ai mis ma figure dans le sable. Je lui ai dit que « c'était bon » et il était de cet avis. Peu après, Marie est venue. Je me suis retourné pour la regarder avancer. Elle était toute visqueuse d'eau salée et elle tenait ses cheveux en arrière. Elle s'est allongée flanc à flanc avec moi et les deux chaleurs de son corps et du soleil m'ont un peu endormi.

Marie m'a secoué et m'a dit que Masson était remonté chez lui, il fallait déjeuner. Je me suis levé tout de suite parce que j'avais faim, mais Marie m'a dit que je ne l'avais pas embrassée depuis ce matin. C'était vrai et pourtant j'en avais envie. « Viens dans l'eau » , m'a-t-elle dit. Nous avons couru pour nous étaler dans les premières petites vagues. Nous avons fait quelques brasses et elle s'est collée contre moi. J'ai senti ses jambes autour des miennes et je l'ai désirée.

Quand nous sommes revenus, Masson nous appelait déjà. J'ai dit que j'avais très faim et il a déclaré tout de suite à sa femme que je lui plaisais. Le pain était bon, j'ai dévoré ma part de poisson. Il y avait ensuite de la viande et des pommes de terre frites. Nous mangions tous sans parler. Masson buvait souvent du vin et il me servait sans arrêt. Au café, j'avais la tête un peu lourde et j'ai fumé beaucoup. Masson, Raymond et moi, nous avons envisagé de passer ensemble le mois d'août à la plage, à frais communs. Marie nous a dit tout d'un coup :« Vous savez quelle heure il est ? Il est onze heures et demie. » Nous étions tous étonnés, mais Masson a dit qu'on avait mangé très tôt, et que c'était naturel parce que l'heure du déjeuner, c'était l'heure où l'on avait faim. Je ne sais pas pourquoi cela a fait rire Marie. Je crois qu'elle avait un peu trop bu. Masson m'a demandé alors si je voulais me promener sur la plage avec lui. « Ma femme fait toujours la sieste après le déjeuner. Moi, je n'aime pas ça. Il faut que je marche. Je lui dis toujours que c'est meilleur pour la santé. Mais après tout, c'est son droit. » Marie a déclaré qu'elle resterait pour aider Mme Masson à faire la vaisselle. La petite

Parisienne a dit que pour cela, il fallait mettre les hommes dehors. Nous sommes descendus tous les trois.

Le soleil tombait presque d'aplomb sur le sable et son éclat sur la mer était insoutenable. Il n'y avait plus personne sur la plage. Dans les cabanons qui bordaient le plateau et qui surplombaient la mer, on entendait des bruits d'assiettes et de couverts. On respirait à peine dans la chaleur de pierre qui montait du sol. Pour commencer, Raymond et Masson ont parlé de choses et de gens que je ne connaissais pas. J'ai compris qu'il y avait longtemps qu'ils se connaissaient et qu'ils avaient même vécu ensemble à un moment. Nous nous sommes dirigés vers l'eau et nous avons longé la mer. Quelquefois, une petite vague plus longue que l'autre venait mouiller nos souliers de toile. Je ne pensais à rien parce que j'étais à moitié endormi par ce soleil sur ma tête nue.

À ce moment, Raymond a dit à Masson quelque chose que j'ai mal entendu. Mais j'ai aperçu en même temps, tout au bout de la plage et très loin de nous, deux Arabes en bleu de chauffe qui venaient dans notre direction. J'ai regardé Raymond et il m'a dit : « C'est lui. » Nous avons continué à marcher. Masson a demandé comment ils avaient pu nous suivre jusque-là. J'ai pensé qu'ils avaient dû nous voir prendre l'autobus avec un sac de plage, mais je n'ai rien dit.

Les Arabes avançaient lentement et ils étaient déjà beaucoup plus rapprochés. Nous n'avons pas changé notre allure, mais Raymond a dit : « S'il y a de la bagarre, toi, Masson, tu prendras le deuxième. Moi, je me charge de mon type. Toi, Meursault, s'il en arrive un autre, il est pour toi. » J'ai dit : « Oui » et Masson a mis ses mains dans les poches. Le sable surchauffé me semblait rouge maintenant. Nous avancions d'un pas égal vers les Arabes. La distance entre nous a diminué régulièrement. Quand nous avons été à quelques pas les uns des autres, les Arabes se sont arrêtés. Masson et moi nous avons ralenti notre pas. Raymond est allé tout droit vers son type. J'ai mal entendu ce qu'il lui a dit, mais l'autre a fait mine de lui donner un coup de tête. Raymond a frappé alors une première fois et il a tout de suite appelé Masson. Masson est allé à celui qu'on lui avait désigné et il a frappé deux fois avec tout son poids. L'Arabe s'est aplati dans l'eau, la face contre le fond, et il est resté quelques secondes ainsi, des bulles crevant à la surface, autour de sa tête. Pendant ce temps Raymond aussi a frappé et l'autre avait la figure en sang. Raymond s'est retourné vers moi et a dit : « Tu vas voir ce qu'il va prendre. » Je lui ai crié : « Attention, il a un couteau ! » Mais déjà Raymond avait le bras ouvert et la bouche tailladée.

Masson a fait un bond en avant. Mais l'autre Arabe s'était relevé et il s'est placé derrière celui qui était armé. Nous n'avons pas osé bouger. Ils ont reculé lentement, sans cesser de nous regarder et de nous tenir en respect avec le couteau. Quand ils ont vu qu'ils avaient assez de champ, ils se sont enfuis très vite, pendant que nous restions cloués sous le soleil et que Raymond tenait serré son bras dégouttant de sang.

Masson a dit immédiatement qu'il y avait un docteur qui passait ses dimanches sur le plateau. Raymond a voulu y aller tout de suite. Mais chaque fois qu'il parlait, le sang de sa blessure faisait des bulles dans sa bouche. Nous l'avons soutenu et nous sommes revenus au cabanon aussi vite que possible. Là, Raymond a dit que ses blessures étaient superficielles et qu'il pouvait aller chez le docteur. Il est parti avec Masson et je suis resté pour expliquer aux femmes ce qui était arrivé. Mme Masson pleurait et Marie était très pâle. Moi, cela m'ennuyait de leur expliquer. J'ai fini par me taire et j'ai fumé en regardant la mer.

Vers une heure et demie, Raymond est revenu avec Masson. Il avait le bras bandé et du sparadrap au coin de la bouche. Le docteur lui avait dit que ce n'était rien, mais Raymond avait l'air très sombre. Masson a essayé de le faire rire. Mais il ne parlait toujours pas. Quand il a dit qu'il descendait sur la plage, je lui ai demandé où il allait. Masson et moi avons dit que nous allions l'accompagner. Alors, il s'est mis en colère et nous a insultés. Masson a déclaré qu'il ne fallait pas le contrarier. Moi, je l'ai suivi quand même.

Nous avons marché longtemps sur la plage. Le soleil était maintenant écrasant. Il se brisait en morceaux sur le sable et sur la mer. J'ai eu l'impression que Raymond savait où il allait, mais c'était sans doute faux. Tout au bout de la plage, nous sommes arrivés enfin à une petite source qui coulait dans le sable, derrière un gros rocher. Là, nous avons trouvé nos deux Arabes. Ils étaient couchés, dans leurs bleus de chauffe graisseux. Ils avaient l'air tout à fait calmes et presque contents. Notre venue n'a rien changé. Celui qui avait frappé Raymond le regardait sans rien dire. L'autre soufflait dans un petit roseau et répétait sans cesse, en nous regardant du coin de l'œil, les trois notes qu'il obtenait de son instrument.

Pendant tout ce temps, il n'y a plus eu que le soleil et ce silence, avec le petit bruit de la source et les trois notes. Puis Raymond a porté la main à sa poche revolver, mais l'autre n'a pas bougé et ils se regardaient toujours. J'ai remarqué que celui qui jouait de la flûte avait les doigts des pieds très écartés. Mais sans quitter des yeux son adversaire, Raymond m'a demandé :« Je le descends ?» J'ai pensé que si je disais non il s'exciterait tout seul et tirerait certainement. Je lui ai seulement dit :« Il ne t'a pas encore parlé. Ça ferait vilain de tirer comme ça. » On a encore entendu le petit bruit d'eau et de flûte au cœur du silence et de la chaleur. Puis Raymond a dit :« Alors, je vais l'insulter et quand il répondra, je le descendrai. » J'ai répondu :« C'est ça. Mais s'il ne sort pas son couteau, tu ne peux pas tirer. » Raymond a commencé à s'exciter un peu. L'autre jouait toujours et tous deux observaient chaque geste de Raymond. « Non, ai-je dit à Raymond. Prends-le d'homme à homme et donne-moi ton revolver. Si l'autre intervient, ou s'il tire son couteau, je le descendrai. »

Quand Raymond m'a donné son revolver, le soleil a glissé dessus. Pourtant, nous sommes restés encore immobiles comme si tout s'était refermé autour de nous. Nous nous regardions sans baisser les yeux et tout s'arrêtait ici entre la mer, le sable et le soleil, le double silence de la flûte et de l'eau. J'ai pensé à ce moment qu'on pouvait tirer ou ne pas tirer. Mais brusquement, les Arabes, à reculons, se sont coulés derrière le rocher. Raymond et moi sommes alors revenus sur nos pas. Lui paraissait mieux et il a parlé de l'autobus du retour.

Je l'ai accompagné jusqu'au cabanon et, pendant qu'il gravissait l'escalier de bois je suis resté devant la première marche, la tête retentissante de soleil, découragé devant l'effort qu'il fallait faire pour monter l'étage de bois et aborder encore les femmes. Mais la chaleur était telle qu'il m'était pénible aussi de rester immobile sous la pluie aveuglante qui tombait du ciel. Rester ici ou partir, cela revenait au même. Au bout d'un moment, je suis retourné vers la plage et je me suis mis à marcher.

C'était le même éclatement rouge. Sur le sable, la mer haletait de toute la respiration rapide et étouffée de ses petites vagues. Je marchais lentement vers les rochers et je sentais mon front se gonfler sous le soleil. Toute cette chaleur s'appuyait sur moi et s'opposait à mon avance. Et chaque fois que je sentais son grand souffle chaud sur mon visage, je serrais les dents, je fermais les poings dans les poches de mon pantalon, je me tendais tout entier pour triompher du soleil et de cette ivresse opaque qu'il me déversait. À chaque épée de lumière jaillie du sable, d'un coquillage blanchi ou d'un débris de verre, mes mâchoires se crispaient. J'ai marché longtemps.

Je voyais de loin la petite masse sombre du rocher entourée d'un halo aveuglant par la lumière et la poussière de mer. Je pensais à la source fraîche derrière le rocher. J'avais envie de retrouver le murmure de son eau, envie de fuir le soleil, l'effort et les pleurs de femme, envie enfin de retrouver l'ombre et son repos. Mais quand j'ai été plus près, j'ai vu que le type de Raymond était revenu.

Il était seul. Il reposait sur le dos, les mains sous la nuque, le front dans les ombres du rocher, tout le corps au soleil. Son bleu de chauffe fumait dans la chaleur. J'ai été un peu surpris. Pour moi, c'était une histoire finie et j'étais venu là sans y penser.

Dès qu'il m'a vu, il s'est soulevé un peu et a mis la main dans sa poche. Moi, naturellement, j'ai serré le revolver de Raymond dans mon veston. Alors de nouveau, il s'est laissé aller en arrière, mais sans retirer la main de sa poche. J'étais assez loin de lui, à une dizaine de mètres. Je devinais son regard par instants, entre ses paupières mi-closes. Mais le plus souvent, son image dansait devant mes yeux, dans l'air enflammé. Le bruit des vagues était encore plus paresseux, plus étale qu'à midi. C'était le même soleil, la même lumière sur le même sable qui se prolongeait ici. Il y avait déjà deux heures que la journée n'avançait plus, deux heures qu'elle avait jeté l'ancre dans un océan de métal bouillant. À l'horizon, un petit vapeur est passé et j'en ai deviné la tache noire au bord de mon regard, parce que je n'avais pas cessé de regarder l'Arabe.

J'ai pensé que je n'avais qu'un demi-tour à faire et ce serait fini. Mais toute une plage vibrante de soleil se pressait derrière moi. J'ai fait quelques pas vers la source. L'Arabe n'a pas bougé. Malgré tout, il était encore assez loin. Peut-être à cause des ombres sur son visage, il avait l'air de rire. J'ai attendu. La brûlure du soleil gagnait mes joues et j'ai senti des gouttes de sueur s'amasser dans mes sourcils. C'était le même soleil que le jour où j'avais enterré maman et, comme alors, le front surtout me faisait mal et toutes ses veines battaient ensemble sous la peau. À cause de cette brûlure que je ne pouvais plus supporter, j'ai fait un mouvement en avant. Je savais que c'était stupide, que je ne me débarrasserais pas du soleil en me déplaçant d'un pas. Mais j'ai fait un pas, un seul pas en avant. Et cette fois, sans se soulever, l'Arabe a tiré son couteau qu'il m'a présenté dans le soleil. La lumière a giclé sur l'acier et c'était comme une longue lame étincelante qui m'atteignait au front. Au même instant, la sueur amassée dans mes sourcils a coulé d'un coup sur les paupières et les a recouvertes d'un voile tiède et épais. Mes yeux étaient aveuglés derrière ce rideau de larmes et de sel. Je ne sentais plus que les cymbales du soleil sur mon front et, indistinctement, le glaive éclatant jailli du couteau toujours en face de moi. Cette épée brûlante rongeait mes cils et fouillait mes yeux douloureux. C'est alors que tout a vacillé. La mer a charrié un souffle épais et ardent. Il m'a semblé que le ciel s'ouvrait sur toute son étendue pour laisser pleuvoir du feu. Tout mon être s'est tendu et j'ai crispé ma main sur le revolver. La gâchette a cédé, j'ai touché le ventre poli de la crosse et c'est là, dans le bruit à la fois sec et assourdissant, que tout a commencé. J'ai secoué la sueur et le soleil. J'ai compris que j'avais détruit l'équilibre du jour, le silence exceptionnel d'une plage où j'avais été heureux. Alors, j'ai tiré encore quatre fois sur un corps inerte où les balles s'enfonçaient sans qu'il y parût. Et c'était comme quatre coups brefs que je frappais sur la porte du malheur.

DEUXIÈME PARTIE

I

Tout de suite après mon arrestation, j'ai été interrogé plusieurs fois. Mais il s'agissait d'interrogatoires d'identité qui n'ont pas duré longtemps. La première fois au commissariat, mon affaire semblait n'intéresser personne. Huit jours après, le juge d'instruction, au contraire, m'a regardé avec curiosité. Mais pour commencer, il m'a seulement demandé mon nom et mon adresse, ma profession, la date et le lieu de ma naissance. Puis il a voulu savoir si j'avais choisi un avocat. J'ai reconnu que non et je l'ai questionné pour savoir s'il était absolument nécessaire d'en avoir un. « Pourquoi ? » a-t-il dit. J'ai répondu que je trouvais mon affaire très simple. Il a souri en disant : « C'est un avis. Pourtant, la loi est là. Si vous ne choisissez pas d'avocat, nous en désignerons un d'office. » J'ai trouvé qu'il était très commode que la justice se chargeât de ces détails. Je le lui ai dit. Il m'a approuvé et a conclu que la loi était bien faite.

Au début, je ne l'ai pas pris au sérieux. Il m'a reçu dans une pièce tendue de rideaux, il avait sur son bureau une seule lampe qui éclairait le fauteuil où il m'a fait asseoir pendant que lui-même restait dans l'ombre. J'avais déjà lu une description semblable dans des livres et tout cela m'a paru un jeu. Après notre conversation, au contraire, je l'ai regardé et j'ai vu un homme aux traits fins, aux yeux bleus enfoncés, grand, avec une longue moustache grise et d'abondants cheveux presque blancs. Il m'a paru très raisonnable, et, somme toute, sympathique, malgré quelques tics nerveux qui lui tiraient la bouche. En sortant, j'allais même lui tendre la main, mais je me suis souvenu à temps que j'avais tué un homme.

Le lendemain, un avocat est venu me voir à la prison. Il était petit et rond, assez jeune, les cheveux soigneusement collés. Malgré la chaleur (j'étais en manches de chemise), il avait un costume sombre, un col cassé et une cravate bizarre à grosses raies noires et blanches. Il a posé sur mon lit la serviette qu'il portait sous le bras, s'est présenté et m'a dit qu'il avait étudié mon dossier. Mon affaire était délicate, mais il ne doutait pas du succès, si je lui faisais confiance. Je l'ai remercié et il m'a dit : « Entrons dans le vif du sujet. »

Il s'est assis sur le lit et m'a expliqué qu'on avait pris des renseignements sur ma vie privée. On avait su que ma mère était morte récemment à l'asile. On avait alors fait une enquête à Marengo. Les instructeurs avaient appris que « j'avais fait preuve d'insensibilité » le jour de l'enterrement de maman. « Vous comprenez, m'a dit mon avocat, cela me gêne un peu de vous demander cela. Mais c'est très important. Et ce sera un gros argument pour l'accusation, si je ne trouve rien à répondre. » Il voulait que je l'aide. Il m'a demandé si j'avais eu de la peine ce jour-là. Cette question m'a beaucoup étonné et il me semblait que j'aurais été très gêné si j'avais eu à la poser. J'ai répondu cependant que j'avais un peu perdu l'habitude de m'interroger et qu'il m'était difficile de le renseigner. Sans doute, j'aimais bien maman, mais cela ne voulait rien dire. Tous les êtres sains avaient plus ou moins souhaité la mort de ceux qu'ils aimaient. Ici, l'avocat m'a coupé et a paru très agité. Il m'a fait promettre de ne pas dire cela à l'audience, ni chez le magistrat instructeur. Cependant, je lui ai expliqué que j'avais une nature telle que mes besoins physiques dérangeaient souvent mes sentiments. Le jour où j'avais enterré maman, j'étais très fatigué, et j'avais sommeil.

De sorte que je ne me suis pas rendu compte de ce qui se passait. Ce que je pouvais dire à coup sûr, c'est que j'aurais préféré que maman ne mourût pas. Mais mon avocat n'avait pas l'air content. Il m'a dit :« Ceci n'est pas assez. »

Il a réfléchi. Il m'a demandé s'il pouvait dire que ce jour-là j'avais dominé mes sentiments naturels. Je lui ai dit :« Non, parce que c'est faux. » Il m'a regardé d'une façon bizarre, comme si je lui inspirais un peu de dégoût. Il m'a dit presque méchamment que dans tous les cas le directeur et le personnel de l'asile seraient entendus comme témoins et que « cela pouvait me jouer un très sale tour » . Je lui ai fait remarquer que cette histoire n'avait pas de rapport avec mon affaire, mais il m'a répondu seulement qu'il était visible que je n'avais jamais eu de rapports avec la justice.

Il est parti avec un air fâché. J'aurais voulu le retenir, lui expliquer que je désirais sa sympathie, non pour être mieux défendu, mais, si je puis dire, naturellement. Surtout, je voyais que je le mettais mal à l'aise. Il ne me comprenait pas et il m'en voulait un peu. J'avais le désir de lui affirmer que j'étais comme tout le monde, absolument comme tout le monde. Mais tout cela, au fond, n'avait pas grande utilité et j'y ai renoncé par paresse.

Peu de temps après, j'étais conduit de nouveau devant le juge d'instruction. Il était deux heures de l'après-midi et cette fois, son bureau était plein d'une lumière à peine tamisée par un rideau de voile. Il faisait très chaud. Il m'a fait asseoir et, avec beaucoup de courtoisie, m'a déclaré que mon avocat, « par suite d'un contretemps » , n'avait pu venir. Mais j'avais le droit de ne pas répondre à ses questions et d'attendre que mon avocat pût m'assister. J'ai dit que je pouvais répondre seul. Il a touché du doigt un bouton sur la table. Un jeune greffier est venu s'installer presque dans mon dos.

Nous nous sommes tous les deux carrés dans nos fauteuils. L'interrogatoire a commencé. Il m'a d'abord dit qu'on me dépeignait comme étant d'un caractère taciturne et renfermé et il a voulu savoir ce que j'en pensais. J'ai répondu : « C'est que je n'ai jamais grand-chose à dire. Alors je me tais. » Il a souri comme la première fois, a reconnu que c'était la meilleure des raisons et a ajouté : « D'ailleurs, cela n'a aucune importance. » Il s'est tu, m'a regardé et s'est redressé assez brusquement pour me dire très vite : « Ce qui m'intéresse, c'est vous. » Je n'ai pas bien compris ce qu'il entendait par là et je n'ai rien répondu. « Il y a des choses, a-t-il ajouté, qui m'échappent dans votre geste. Je suis sûr que vous allez m'aider à les comprendre. » J'ai dit que tout était très simple. Il m'a pressé de lui retracer ma journée. Je lui ai retracé ce que déjà je lui avais raconté : Raymond, la plage, le bain, la querelle, encore la plage, la petite source, le soleil et les cinq coups de revolver. À chaque phrase il disait : « Bien, bien. » Quand je suis arrivé au corps étendu, il a approuvé en disant : « Bon. » Moi, j'étais lassé de répéter ainsi la même histoire et il me semblait que je n'avais jamais autant parlé.

Après un silence, il s'est levé et m'a dit qu'il voulait m'aider, que je l'intéressais et qu'avec l'aide de Dieu, il ferait quelque chose pour moi. Mais auparavant, il voulait me poser encore quelques

questions. Sans transition, il m'a demandé si j'aimais maman. J'ai
dit :« Oui, comme tout le monde » et le greffier, qui jusqu'ici tapait
régulièrement sur sa machine, a dû se tromper de touches, car il
s'est embarrassé et a été obligé de revenir en arrière. Toujours sans
logique apparente, le juge m'a alors demandé si j'avais tiré les
cinq coups de revolver à la suite. J'ai réfléchi et précisé que j'avais
tiré une seule fois d'abord et, après quelques secondes, les quatre
autres coups. « Pourquoi avez-vous attendu entre le premier et
le second coup ?» dit-il alors. Une fois de plus, j'ai revu la plage
rouge et j'ai senti sur mon front la brûlure du soleil. Mais cette
fois, je n'ai rien répondu. Pendant tout le silence qui a suivi le juge
a eu l'air de s'agiter. Il s'est assis, a fourragé dans ses cheveux,
a mis ses coudes sur son bureau et s'est penché un peu vers moi
avec un air étrange :« Pourquoi, pourquoi avez-vous tiré sur un
corps à terre ?» Là encore, je n'ai pas su répondre. Le juge a passé
ses mains sur son front et a répété sa question d'une voix un peu
altérée :« Pourquoi ? Il faut que vous me le disiez. Pourquoi ?» Je me
taisais toujours.

Brusquement, il s'est levé, a marché à grands pas vers une
extrémité de son bureau et a ouvert un tiroir dans un classeur. Il en a
tiré un crucifix d'argent qu'il a brandi en revenant vers moi. Et d'une
voix toute changée, presque tremblante, il s'est écrié :« Est-ce que
vous le connaissez, celui-là ?» J'ai dit :« Oui, naturellement. » Alors
il m'a dit très vite et d'une façon passionnée que lui croyait en Dieu,
que sa conviction était qu'aucun homme n'était assez coupable
pour que Dieu ne lui pardonnât pas, mais qu'il fallait pour cela que
l'homme par son repentir devînt comme un enfant dont l'âme est

vide et prête à tout accueillir. Il avait tout son corps penché sur la table. Il agitait son crucifix presque au-dessus de moi. À vrai dire, je l'avais très mal suivi dans son raisonnement, d'abord parce que j'avais chaud et qu'il y avait dans son cabinet de grosses mouches qui se posaient sur ma figure, et aussi parce qu'il me faisait un peu peur. Je reconnaissais en même temps que c'était ridicule parce que, après tout, c'était moi le criminel. Il a continué pourtant. J'ai à peu près compris qu'à son avis il n'y avait qu'un point d'obscur dans ma confession, le fait d'avoir attendu pour tirer mon second coup de revolver. Pour le reste, c'était très bien, mais cela, il ne le comprenait pas.

J'allais lui dire qu'il avait tort de s'obstiner : ce dernier point n'avait pas tellement d'importance. Mais il m'a coupé et m'a exhorté une dernière fois, dressé de toute sa hauteur, en me demandant si je croyais en Dieu. J'ai répondu que non. Il s'est assis avec indignation. Il m'a dit que c'était impossible, que tous les hommes croyaient en Dieu, même ceux qui se détournaient de son visage. C'était là sa conviction et, s'il devait jamais en douter, sa vie n'aurait plus de sens. « Voulez-vous, s'est-il exclamé, que ma vie n'ait pas de sens ? » À mon avis, cela ne me regardait pas et je le lui ai dit. Mais à travers la table, il avançait déjà le Christ sous mes yeux et s'écriait d'une façon déraisonnable :« Moi, je suis chrétien. Je demande pardon de tes fautes à celui-là. Comment peux-tu ne pas croire qu'il a souffert pour toi ? » J'ai bien remarqué qu'il me tutoyait, mais j'en avais assez. La chaleur se faisait de plus en plus grande. Comme toujours, quand j'ai envie de me débarrasser de quelqu'un que j'écoute à peine, j'ai eu l'air d'approuver. À ma surprise, il a triomphé :« Tu vois, tu vois, disait-il. N'est-ce pas que tu crois et que tu vas te confier à lui ?» Évidemment, j'ai dit non une fois de plus. Il est retombé sur son fauteuil.

Il avait l'air très fatigué. Il est resté un moment silencieux pendant que la machine, qui n'avait pas cessé de suivre le dialogue, en prolongeait encore les dernières phrases. Ensuite, il m'a regardé attentivement et avec un peu de tristesse. Il a murmuré :« Je n'ai jamais vu d'âme aussi endurcie que la vôtre. Les criminels qui sont venus devant moi ont toujours pleuré devant cette image de la douleur. » J'allais répondre que c'était justement parce qu'il s'agissait de criminels. Mais j'ai pensé que moi aussi j'étais comme eux. C'était une idée à quoi je ne pouvais pas me faire. Le juge s'est alors levé, comme s'il me signifiait que l'interrogatoire était terminé. Il m'a seulement demandé du même air un peu las si je regrettais mon acte. J'ai réfléchi et j'ai dit que, plutôt que du regret véritable, j'éprouvais un certain ennui. J'ai eu l'impression qu'il ne me comprenait pas. Mais ce jour-là les choses ne sont pas allées plus loin.

Par la suite j'ai souvent revu le juge d'instruction. Seulement, j'étais accompagné de mon avocat à chaque fois. On se bornait à me faire préciser certains points de mes déclarations précédentes. Ou bien encore le juge discutait les charges avec mon avocat. Mais en vérité ils ne s'occupaient jamais de moi à ces moments-là. Peu à peu en tout cas, le ton des interrogatoires a changé. Il semblait que le juge ne s'intéressât plus à moi et qu'il eût classé mon cas en quelque sorte. Il ne m'a plus parlé de Dieu et je ne l'ai jamais revu dans l'excitation de ce premier jour. Le résultat, c'est que nos entretiens sont devenus plus cordiaux. Quelques questions, un peu de conversation avec mon avocat, les interrogatoires étaient finis. Mon affaire suivait son cours, selon l'expression même du juge. Quelquefois aussi, quand la conversation était d'ordre général, on m'y mêlait. Je commençais à respirer. Personne, en ces heures-là, n'était méchant avec moi. Tout était si naturel, si bien réglé et si sobrement joué que j'avais l'impression ridicule de « faire partie de la famille » . Et au bout des onze mois qu'a duré cette instruction, je peux dire que je m'étonnais presque de m'être jamais réjoui d'autre chose que de ces rares instants où le juge me reconduisait à la porte de son cabinet en me frappant sur l'épaule et en me disant d'un air cordial :« C'est fini pour aujourd'hui, monsieur l'Antéchrist. » On me remettait alors entre les mains des gendarmes.

II

Il y a des choses dont je n'ai jamais aimé parler. Quand je suis entré en prison, j'ai compris au bout de quelques jours que je n'aimerais pas parler de cette partie de ma vie.

Plus tard, je n'ai plus trouvé d'importance à ces répugnances. En réalité, je n'étais pas réellement en prison les premiers jours : j'attendais vaguement quelque événement nouveau. C'est seulement après la première et la seule visite de Marie que tout a commencé. Du jour où j'ai reçu sa lettre (elle me disait qu'on ne lui permettait plus de venir parce qu'elle n'était pas ma femme), de ce jour-là, j'ai senti que j'étais chez moi dans ma cellule et que ma vie s'y arrêtait. Le jour de mon arrestation, on m'a d'abord enfermé dans une chambre où il y avait déjà plusieurs détenus, la plupart des Arabes. Ils ont ri en me voyant. Puis ils m'ont demandé ce que j'avais fait. J'ai dit que j'avais tué un Arabe et ils sont restés silencieux. Mais un moment après, le soir est tombé. Ils m'ont expliqué comment il fallait arranger la natte où je devais coucher. En roulant une des extrémités, on pouvait en faire un traversin. Toute la nuit, des punaises ont couru sur mon visage. Quelques jours après, on m'a isolé dans une cellule où je couchais sur un bat-flanc de bois. J'avais un baquet d'aisances et une cuvette de fer. La prison était tout en haut de la ville et, par une petite fenêtre, je pouvais voir la mer. C'est un jour que j'étais agrippé aux barreaux, mon visage tendu vers la lumière, qu'un gardien est entré et m'a dit que j'avais une visite. J'ai pensé que c'était Marie. C'était bien elle.

J'ai suivi pour aller au parloir un long corridor, puis un escalier et pour finir un autre couloir. Je suis entré dans une très grande salle éclairée par une vaste baie. La salle était séparée en trois parties par deux grandes grilles qui la coupaient dans sa longueur. Entre les deux grilles se trouvait un espace de huit à dix mètres qui séparait les visiteurs des prisonniers. J'ai aperçu Marie en face de moi avec sa robe à raies et son visage bruni. De mon côté, il y avait une dizaine de détenus, des Arabes pour la plupart. Marie était entourée de Mauresques et se trouvait entre deux visiteuses : une petite vieille aux lèvres serrées, habillée de noir, et une grosse femme en cheveux qui parlait très fort avec beaucoup de gestes. À cause de la distance entre les grilles, les visiteurs et les prisonniers étaient obligés de parler très haut. Quand je suis entré, le bruit des voix qui rebondissaient contre les grands murs nus de la salle, la lumière crue qui coulait du ciel sur les vitres et rejaillissait dans la salle, me causèrent une sorte d'étourdissement. Ma cellule était plus calme et plus sombre. Il m'a fallu quelques secondes pour m'adapter. Pourtant, j'ai fini par voir chaque visage avec netteté, détaché dans le plein jour. J'ai observé qu'un gardien se tenait assis à l'extrémité du couloir entre les deux grilles. La plupart des prisonniers arabes ainsi que leurs familles s'étaient accroupis en vis-à-vis. Ceux-là ne criaient pas. Malgré le tumulte, ils parvenaient à s'entendre en parlant très bas. Leur murmure sourd, parti de plus bas, formait comme une basse continue aux conversations qui s'entrecroisaient au-dessus de leurs têtes. Tout cela, je l'ai remarqué très vite en m'avançant vers Marie. Déjà collée contre la grille, elle me souriait de toutes ses forces. Je l'ai trouvée très belle, mais je n'ai pas su le lui dire.

« Alors ? m'a-t-elle dit très haut. – Alors, voilà. – Tu es bien, tu as tout ce que tu veux ? – Oui, tout. »

Nous nous sommes tus et Marie souriait toujours. La grosse femme hurlait vers mon voisin, son mari sans doute, un grand type blond au regard franc. C'était la suite d'une conversation déjà commencée.

« Jeanne n'a pas voulu le prendre, criait-elle à tue-tête. – Oui, oui, disait l'homme. – Je lui ai dit que tu le reprendrais en sortant, mais elle n'a pas voulu le prendre. »

Marie a crié de son côté que Raymond me donnait le bonjour et j'ai dit : « Merci. » Mais ma voix a été couverte par mon voisin qui a demandé « s'il allait bien ». Sa femme a ri en disant « qu'il ne s'était jamais mieux porté ». Mon voisin de gauche, un petit jeune homme aux mains fines, ne disait rien. J'ai remarqué qu'il était en face de la petite vieille et que tous les deux se regardaient avec intensité. Mais je n'ai pas eu le temps de les observer plus longtemps parce que Marie m'a crié qu'il fallait espérer. J'ai dit : « Oui. » En même temps, je la regardais et j'avais envie de serrer son épaule par-dessus sa robe. J'avais envie de ce tissu fin et je ne savais pas très bien ce qu'il fallait espérer en dehors de lui. Mais c'était bien sans doute ce que Marie voulait dire parce qu'elle souriait toujours. Je ne voyais plus que l'éclat de ses dents et les petits plis de ses yeux. Elle a crié de nouveau : « Tu sortiras et on se mariera ! » J'ai répondu : « Tu crois ? » mais c'était surtout pour dire quelque chose. Elle a dit alors très vite et toujours très haut que oui, que je serais acquitté et qu'on prendrait encore des bains. Mais l'autre femme hurlait de son côté et disait qu'elle avait laissé un panier au greffe. Elle énumérait tout ce qu'elle y avait mis. Il fallait vérifier, car tout cela coûtait cher. Mon autre voisin et sa mère se regardaient toujours. Le murmure des Arabes continuait au-dessous de nous. Dehors la lumière a semblé se gonfler contre la baie.

Je me sentais un peu malade et j'aurais voulu partir. Le bruit me faisait mal. Mais d'un autre côté, je voulais profiter encore de la présence de Marie. Je ne sais pas combien de temps a passé. Marie m'a parlé de son travail et elle souriait sans arrêt. Le murmure, les cris, les conversations se croisaient. Le seul îlot de silence était à côté de moi dans ce petit jeune homme et cette vieille qui se regardaient. Peu à peu, on a emmené les Arabes. Presque tout le monde s'est tu dès que le premier est sorti. La petite vieille s'est rapprochée des barreaux et, au même moment, un gardien a fait signe à son fils. Il a dit : « Au revoir, maman » et elle a passé sa main entre deux barreaux pour lui faire un petit signe lent et prolongé.

Elle est partie pendant qu'un homme entrait, le chapeau à la main, et prenait sa place. On a introduit un prisonnier et ils se sont parlé avec animation, mais à demi-voix, parce que la pièce était redevenue silencieuse. On est venu chercher mon voisin de droite et sa femme lui a dit sans baisser le ton comme si elle n'avait pas remarqué qu'il n'était plus nécessaire de crier : « Soigne-toi bien et fais attention. » Puis est venu mon tour. Marie a fait signe qu'elle m'embrassait. Je me suis retourné avant de disparaître. Elle était immobile, le visage écrasé contre la grille, avec le même sourire écartelé et crispé.

C'est peu après qu'elle m'a écrit. Et c'est à partir de ce moment qu'ont commencé les choses dont je n'ai jamais aimé parler. De toute façon, il ne faut rien exagérer et cela m'a été plus facile qu'à d'autres. Au début de ma détention, pourtant, ce qui a été le plus dur, c'est que j'avais des pensées d'homme libre. Par exemple, l'envie me prenait d'être sur une plage et de descendre vers la mer. À imaginer le bruit des premières vagues sous la plante de mes pieds, l'entrée du corps dans l'eau et la délivrance que j'y trouvais, je sentais tout d'un coup combien les murs de ma prison étaient rapprochés. Mais cela dura quelques mois. Ensuite, je n'avais que des pensées de prisonnier. J'attendais la promenade quotidienne que je faisais dans la cour ou la visite de mon avocat. Je m'arrangeais très bien avec le reste de mon temps. J'ai souvent pensé alors que si l'on m'avait fait vivre dans un tronc d'arbre sec, sans autre occupation que de regarder la fleur du ciel au-dessus de ma tête, je m'y serais peu à peu habitué. J'aurais attendu des passages d'oiseaux ou des rencontres de nuages comme j'attendais ici les curieuses cravates de mon avocat et comme, dans un autre monde, je patientais jusqu'au samedi pour étreindre le corps de Marie. Or, à bien réfléchir, je n'étais pas dans un arbre sec. Il y avait plus malheureux que moi. C'était d'ailleurs une idée de maman, et elle le répétait souvent, qu'on finissait par s'habituer à tout.

Du reste, je n'allais pas si loin d'ordinaire. Les premiers mois ont été durs. Mais justement l'effort que j'ai dû faire aidait à les passer. Par exemple, j'étais tourmenté par le désir d'une femme. C'était naturel, j'étais jeune. Je ne pensais jamais à Marie particulièrement. Mais je pensais tellement à une femme, aux femmes, à toutes celles que j'avais connues, à toutes les circonstances où je les avais aimées, que ma cellule s'emplissait de tous les visages et se peuplait de mes désirs. Dans un sens, cela me déséquilibrait. Mais dans un autre, cela tuait le temps. J'avais fini par gagner la sympathie du gardien-chef qui accompagnait à l'heure des repas le garçon de cuisine. C'est lui qui, d'abord, m'a parlé des femmes. Il m'a dit que c'était la première chose dont se plaignaient les autres. Je lui ai dit que j'étais comme eux et que je trouvais ce traitement injuste. « Mais, a-t-il dit, c'est justement pour ça qu'on vous met en prison. – Comment, pour ça ? – Mais oui, la liberté, c'est ça. On vous prive de la liberté. » Je n'avais jamais pensé à cela. Je l'ai approuvé :« C'est vrai, lui ai-je dit, où serait la punition ? – Oui, vous comprenez les choses, vous. Les autres non. Mais ils finissent par se soulager eux-mêmes. » Le gardien est parti ensuite.

Il y a eu aussi les cigarettes. Quand je suis entré en prison, on m'a pris ma ceinture, mes cordons de souliers, ma cravate et tout ce que je portais dans mes poches, mes cigarettes en particulier. Une fois en cellule, j'ai demandé qu'on me les rende. Mais on m'a dit que c'était défendu. Les premiers jours ont été très durs. C'est peut-être cela qui m'a le plus abattu. Je suçais des morceaux de bois que j'arrachais de la planche de mon lit. Je promenais toute la journée une nausée perpétuelle. Je ne comprenais pas pourquoi on me privait de cela qui ne faisait de mal à personne. Plus tard, j'ai compris que cela faisait partie aussi de la punition. Mais à ce moment-là, je m'étais habitué à ne plus fumer et cette punition n'en était plus une pour moi.

À part ces ennuis, je n'étais pas trop malheureux. Toute la question, encore une fois, était de tuer le temps. J'ai fini par ne plus m'ennuyer du tout à partir de l'instant où j'ai appris à me souvenir. Je me mettais quelquefois à penser à ma chambre et, en imagination, je partais d'un coin pour y revenir en dénombrant mentalement tout ce qui se trouvait sur mon chemin. Au début, c'était vite fait. Mais chaque fois que je recommençais, c'était un peu plus long. Car je me souvenais de chaque meuble, et, pour chacun d'entre eux, de chaque objet qui s'y trouvait et, pour chaque objet, de tous les détails et pour les détails eux-mêmes, une incrustation, une fêlure ou un bord ébréché, de leur couleur ou de leur grain. En même temps, j'essayais de ne pas perdre le fil de mon inventaire, de faire une énumération complète. Si bien qu'au bout de quelques semaines, je pouvais passer des heures, rien qu'à dénombrer ce qui se trouvait dans ma chambre. Ainsi, plus je réfléchissais et plus de choses méconnues et oubliées je sortais de ma mémoire. J'ai compris alors qu'un homme qui n'aurait vécu qu'un seul jour pourrait sans peine vivre cent ans dans une prison. Il aurait assez de souvenirs pour ne pas s'ennuyer. Dans un sens, c'était un avantage.

Il y avait aussi le sommeil. Au début, je dormais mal la nuit et pas du tout le jour. Peu à peu, mes nuits ont été meilleures et j'ai pu dormir aussi le jour. Je peux dire que, dans les derniers mois, je dormais de seize à dix-huit heures par jour. Il me restait alors six heures à tuer avec les repas, les besoins naturels, mes souvenirs et l'histoire du Tchécoslovaque.

Entre ma paillasse et la planche du lit, j'avais trouvé, en effet, un vieux morceau de journal presque collé à l'étoffe, jauni et transparent. Il relatait un fait divers dont le début manquait, mais qui avait dû se passer en Tchécoslovaquie. Un homme était parti d'un village tchèque pour faire fortune. Au bout de vingt-cinq ans, riche, il était revenu avec une femme et un enfant. Sa mère tenait un hôtel avec sa sœur dans son village natal. Pour les surprendre, il avait laissé sa femme et son enfant dans un autre établissement, était allé chez sa mère qui ne l'avait pas reconnu quand il était entré. Par plaisanterie, il avait eu l'idée de prendre une chambre. Il avait montré son argent. Dans la nuit, sa mère et sa sœur l'avaient assassiné à coups de marteau pour le voler et avaient jeté son corps dans la rivière. Le matin, la femme était venue, avait révélé sans le savoir l'identité du voyageur. La mère s'était pendue. La sœur s'était jetée dans un puits. J'ai dû lire cette histoire des milliers de fois. D'un côté, elle était invraisemblable. D'un autre, elle était naturelle. De toute façon, je trouvais que le voyageur l'avait un peu mérité et qu'il ne faut jamais jouer.

Ainsi, avec les heures de sommeil, les souvenirs, la lecture de mon fait divers et l'alternance de la lumière et de l'ombre, le temps a passé. J'avais bien lu qu'on finissait par perdre la notion du temps en prison. Mais cela n'avait pas beaucoup de sens pour moi. Je n'avais pas compris à quel point les jours pouvaient être à la fois longs et courts. Longs à vivre sans doute, mais tellement distendus qu'ils finissaient par déborder les uns sur les autres. Ils y perdaient leur nom. Les mots hier ou demain étaient les seuls qui gardaient un sens pour moi.

Lorsqu'un jour, le gardien m'a dit que j'étais là depuis cinq mois, je l'ai cru, mais je ne l'ai pas compris. Pour moi, c'était sans cesse le même jour qui déferlait dans ma cellule et la même tâche que je poursuivais. Ce jour-là, après le départ du gardien, je me suis regardé dans ma gamelle de fer. Il m'a semblé que mon image restait sérieuse alors même que j'essayais de lui sourire. Je l'ai agitée devant moi. J'ai souri et elle a gardé le même air sévère et triste. Le jour finissait et c'était l'heure dont je ne veux pas parler, l'heure sans nom, où les bruits du soir montaient de tous les étages de la prison dans un cortège de silence. Je me suis approché de la lucarne et, dans la dernière lumière, j'ai contemplé une fois de plus mon image. Elle était toujours sérieuse, et quoi d'étonnant puisque, à ce moment, je l'étais aussi ? Mais en même temps et pour la première fois depuis des mois, j'ai entendu distinctement le son de ma voix. Je l'ai reconnue pour celle qui résonnait déjà depuis de longs jours à mes oreilles et j'ai compris que pendant tout ce temps j'avais parlé seul. Je me suis souvenu alors de ce que disait l'infirmière à l'enterrement de maman. Non, il n'y avait pas d'issue et personne ne peut imaginer ce que sont les soirs dans les prisons.

III

Je peux dire qu'au fond l'été a très vite remplacé l'été. Je savais qu'avec la montée des premières chaleurs surviendrait quelque chose de nouveau pour moi. Mon affaire était inscrite à la dernière session de la cour d'assises et cette session se terminerait avec le mois de juin. Les débats se sont ouverts avec, au-dehors, tout le plein du soleil. Mon avocat m'avait assuré qu'ils ne dureraient pas plus de deux ou trois jours. « D'ailleurs, avait-il ajouté, la cour sera pressée parce que votre affaire n'est pas la plus importante de la session. Il y a un parricide qui passera tout de suite après. »

À sept heures et demie du matin, on est venu me chercher et la voiture cellulaire m'a conduit au Palais de justice. Les deux gendarmes m'ont fait entrer dans une petite pièce qui sentait l'ombre. Nous avons attendu, assis près d'une porte derrière laquelle on entendait des voix, des appels, des bruits de chaises et tout un remue-ménage qui m'a fait penser à ces fêtes de quartier où, après le concert, on range la salle pour pouvoir danser. Les gendarmes m'ont dit qu'il fallait attendre la cour et l'un d'eux m'a offert une cigarette que j'ai refusée. Il m'a demandé peu après « si j'avais le trac » . J'ai répondu que non. Et même, dans un sens, cela m'intéressait de voir un procès. Je n'en avais jamais eu l'occasion dans ma vie : « Oui, a dit le second gendarme, mais cela finit par fatiguer. »

Après un peu de temps, une petite sonnerie a résonné dans la pièce. Ils m'ont alors ôté les menottes. Ils ont ouvert la porte et m'ont fait entrer dans le box des accusés. La salle était pleine à craquer.

Malgré les stores, le soleil s'infiltrait par endroits et l'air était déjà étouffant. On avait laissé les vitres closes. Je me suis assis et les gendarmes m'ont encadré. C'est à ce moment que j'ai aperçu une rangée de visages devant moi. Tous me regardaient : j'ai compris que c'étaient les jurés. Mais je ne peux pas dire ce qui les distinguait les uns des autres. Je n'ai eu qu'une impression : j'étais devant une banquette de tramway et tous ces voyageurs anonymes épiaient le nouvel arrivant pour en apercevoir les ridicules. Je sais bien que c'était une idée niaise puisque ici ce n'était pas le ridicule qu'ils cherchaient, mais le crime. Cependant la différence n'est pas grande et c'est en tout cas l'idée qui m'est venue.

J'étais un peu étourdi aussi par tout ce monde dans cette salle close. J'ai regardé encore le prétoire et je n'ai distingué aucun visage. Je crois bien que d'abord je ne m'étais pas rendu compte que tout le monde se pressait pour me voir. D'habitude, les gens ne s'occupaient pas de ma personne. Il m'a fallu un effort pour comprendre que j'étais la cause de toute cette agitation. J'ai dit au gendarme : « Que de monde ! » Il m'a répondu que c'était à cause des journaux et il m'a montré un groupe qui se tenait près d'une table sous le banc des jurés. Il m'a dit : « Les voilà. » J'ai demandé : « Qui ? » et il a répété : « Les journaux. » Il connaissait l'un des journalistes qui l'a vu à ce moment et qui s'est dirigé vers nous. C'était un homme déjà âgé, sympathique, avec un visage un peu grimaçant. Il a serré la main du gendarme avec beaucoup de chaleur. J'ai remarqué à ce moment que tout le monde se rencontrait, s'interpellait et conversait, comme dans un club où l'on est heureux de se retrouver entre gens du même monde. Je me suis expliqué aussi la bizarre impression que j'avais d'être de trop, un peu comme un intrus. Pourtant, le journaliste s'est adressé à moi en souriant. Il m'a dit qu'il espérait que tout irait bien pour moi. Je l'ai remercié et il a ajouté :« Vous savez, nous avons monté un peu votre affaire. L'été, c'est la saison creuse pour les journaux. Et il n'y avait que votre histoire et celle du parricide qui vaillent quelque chose. » Il m'a montré ensuite, dans le groupe qu'il venait de quitter, un petit bonhomme qui ressemblait à une belette engraissée, avec d'énormes lunettes cerclées de noir. Il m'a dit que c'était l'envoyé spécial d'un journal de Paris :« Il n'est pas venu pour vous, d'ailleurs. Mais comme il est chargé de rendre compte du procès du parricide, on lui a demandé de câbler votre affaire en même temps. » Là encore, j'ai failli le remercier. Mais j'ai pensé que ce serait ridicule. Il m'a fait un petit signe cordial de la main et nous a quittés. Nous avons encore attendu quelques minutes.

Mon avocat est arrivé, en robe, entouré de beaucoup d'autres confrères. Il est allé vers les journalistes, a serré des mains. Ils ont plaisanté, ri et ils avaient l'air tout à fait à leur aise, jusqu'au moment où la sonnerie a retenti dans le prétoire. Tout le monde a regagné sa place. Mon avocat est venu vers moi, m'a serré la main et m'a conseillé de répondre brièvement aux questions qu'on me poserait, de ne pas prendre d'initiatives et de me reposer sur lui pour le reste.

À ma gauche, j'ai entendu le bruit d'une chaise qu'on reculait et j'ai vu un grand homme mince, vêtu de rouge, portant lorgnon, qui s'asseyait en pliant sa robe avec soin. C'était le procureur. Un huissier a annoncé la cour. Au même moment, deux gros ventilateurs ont commencé de vrombir. Trois juges, deux en noir, le troisième en rouge, sont entrés avec des dossiers et ont marché très vite vers la tribune qui dominait la salle. L'homme en robe rouge s'est assis sur le fauteuil du milieu, a posé sa toque devant lui, essuyé son petit crâne chauve avec un mouchoir et déclaré que l'audience était ouverte.

Les journalistes tenaient déjà leur stylo en main. Ils avaient tous le même air indifférent et un peu narquois. Pourtant, l'un d'entre eux, beaucoup plus jeune, habillé en flanelle grise avec une cravate bleue, avait laissé son stylo devant lui et me regardait. Dans son visage un peu asymétrique, je ne voyais que ses deux yeux, très clairs, qui m'examinaient attentivement, sans rien exprimer qui fût définissable. Et j'ai eu l'impression bizarre d'être regardé par moi-même. C'est peut-être pour cela, et aussi parce que je ne connaissais pas les usages du lieu, que je n'ai pas très bien compris tout ce qui s'est passé ensuite, le tirage au sort des jurés, les questions posées par le président à l'avocat, au procureur et au jury (à chaque fois, toutes les têtes des jurés se retournaient en même temps vers la cour), une lecture rapide de l'acte d'accusation, où je reconnaissais des noms de lieux et de personnes, et de nouvelles questions à mon avocat.

Mais le président a dit qu'il allait faire procéder à l'appel des témoins. L'huissier a lu des noms qui ont attiré mon attention. Du sein de ce public tout à l'heure informe, j'ai vu se lever un à un, pour disparaître ensuite par une porte latérale, le directeur et le concierge de l'asile, le vieux Thomas Pérez, Raymond, Masson, Salamano,

Marie. Celle-ci m'a fait un petit signe anxieux. Je m'étonnais encore de ne pas les avoir aperçus plus tôt, lorsque à l'appel de son nom, le dernier, Céleste s'est levé. J'ai reconnu à côté de lui la petite bonne femme du restaurant, avec sa jaquette et son air précis et décidé. Elle me regardait avec intensité. Mais je n'ai pas eu le temps de réfléchir parce que le président a pris la parole. Il a dit que les véritables débats allaient commencer et qu'il croyait inutile de recommander au public d'être calme. Selon lui, il était là pour diriger avec impartialité les débats d'une affaire qu'il voulait considérer avec objectivité. La sentence rendue par le jury serait prise dans un esprit de justice et, dans tous les cas, il ferait évacuer la salle au moindre incident.

La chaleur montait et je voyais dans la salle les assistants s'éventer avec des journaux. Cela faisait un petit bruit continu de papier froissé. Le président a fait un signe et l'huissier a apporté trois éventails de paille tressée que les trois juges ont utilisés immédiatement.

Mon interrogatoire a commencé aussitôt. Le président m'a questionné avec calme et même, m'a-t-il semblé, avec une nuance de cordialité. On m'a encore fait décliner mon identité et malgré mon agacement, j'ai pensé qu'au fond c'était assez naturel, parce qu'il serait trop grave de juger un homme pour un autre. Puis le président a recommencé le récit de ce que j'avais fait, en s'adressant à moi toutes les trois phrases pour me demander : « Est-ce bien cela ? » À chaque fois, j'ai répondu : « Oui, monsieur le Président », selon les instructions de mon avocat. Cela a été long parce que le président apportait beaucoup de minutie dans son récit. Pendant tout ce temps, les journalistes écrivaient. Je sentais les regards du plus jeune d'entre eux et de la petite automate. La banquette de tramway était tout entière tournée vers le président. Celui-ci a toussé, feuilleté son dossier et il s'est tourné vers moi en s'éventant.

Il m'a dit qu'il devait aborder maintenant des questions apparemment étrangères à mon affaire, mais qui peut-être la touchaient de fort près. J'ai compris qu'il allait encore parler de maman et j'ai senti en même temps combien cela m'ennuyait. Il m'a demandé pourquoi j'avais mis maman à l'asile. J'ai répondu que c'était parce que je manquais d'argent pour la faire garder et soigner. Il m'a demandé si cela m'avait coûté personnellement et j'ai répondu que ni maman ni moi n'attendions plus rien l'un de l'autre, ni d'ailleurs de personne, et que nous nous étions habitués tous les deux à nos vies nouvelles. Le président a dit alors qu'il ne voulait pas insister sur ce point et il a demandé au procureur s'il ne voyait pas d'autre question à me poser.

Celui-ci me tournait à demi le dos et, sans me regarder, il a déclaré qu'avec l'autorisation du président, il aimerait savoir si j'étais retourné vers la source tout seul avec l'intention de tuer l'Arabe. « Non », ai-je dit. « Alors, pourquoi était-il armé et pourquoi revenir vers cet endroit précisément ? » J'ai dit que c'était le hasard. Et le procureur a noté avec un accent mauvais : « Ce sera tout pour le moment. » Tout ensuite a été un peu confus, du moins pour moi. Mais après quelques conciliabules, le président a déclaré que l'audience était levée et renvoyée à l'après-midi pour l'audition des témoins.

Je n'ai pas eu le temps de réfléchir. On m'a emmené, fait monter dans la voiture cellulaire et conduit à la prison où j'ai mangé. Au bout de très peu de temps, juste assez pour me rendre compte que j'étais fatigué, on est revenu me chercher ; tout a recommencé et je me suis trouvé dans la même salle, devant les mêmes visages. Seulement la chaleur était beaucoup plus forte et comme par un miracle chacun des jurés, le procureur, mon avocat et quelques journalistes étaient munis aussi d'éventails de paille. Le jeune journaliste et la petite femme étaient toujours là. Mais ils ne s'éventaient pas et me regardaient encore sans rien dire.

J'ai essuyé la sueur qui couvrait mon visage et je n'ai repris un peu conscience du lieu et de moi-même que lorsque j'ai entendu appeler le directeur de l'asile. On lui a demandé si maman se plaignait de moi et il a dit que oui mais que c'était un peu la manie de ses pensionnaires de se plaindre de leurs proches. Le président lui a fait préciser si elle me reprochait de l'avoir mise à l'asile et le directeur a dit encore oui. Mais cette fois, il n'a rien ajouté. À une autre question, il a répondu qu'il avait été surpris de mon calme le jour de l'enterrement. On lui a demandé ce qu'il entendait par calme. Le directeur a regardé alors le bout de ses souliers et il a dit que je n'avais pas voulu voir maman, je n'avais pas pleuré une seule fois et j'étais parti aussitôt après l'enterrement sans me recueillir sur sa tombe. Une chose encore l'avait surpris : un employé des pompes funèbres lui avait dit que je ne savais pas l'âge de maman. Il y a eu un moment de silence et le président lui a demandé si c'était bien de moi qu'il avait parlé. Comme le directeur ne comprenait pas la question, il lui a dit : « C'est la loi. » Puis le président a demandé à l'avocat général s'il n'avait pas de question à poser au témoin et le procureur s'est écrié : « Oh ! non, cela suffit » , avec un tel éclat et un tel regard triomphant dans ma direction que, pour la première fois depuis bien des années, j'ai eu une envie stupide de pleurer parce que j'ai senti combien j'étais détesté par tous ces gens-là.

Après avoir demandé au jury et à mon avocat s'ils avaient des questions à poser, le président a entendu le concierge. Pour lui comme pour tous les autres, le même cérémonial s'est répété. En arrivant, le concierge m'a regardé et il a détourné les yeux. Il a répondu aux questions qu'on lui posait. Il a dit que je n'avais pas voulu voir maman, que j'avais fumé, que j'avais dormi et que j'avais pris du café au lait. J'ai senti alors quelque chose qui soulevait toute la salle et, pour la première fois, j'ai compris que j'étais coupable. On a fait répéter au concierge l'histoire du café au lait et celle de la cigarette. L'avocat général m'a regardé avec une lueur ironique dans les yeux. À ce moment, mon avocat a demandé au concierge s'il n'avait pas fumé avec moi. Mais le procureur s'est élevé avec violence contre cette question : « Quel est le criminel ici et quelles sont ces méthodes qui consistent à salir les témoins de l'accusation pour minimiser des témoignages qui n'en demeurent pas moins écrasants ! » Malgré tout, le président a demandé au concierge de répondre à la question. Le vieux a dit d'un air embarrassé : « Je sais bien que j'ai eu tort. Mais je n'ai pas osé refuser la cigarette que Monsieur m'a offerte. » En dernier lieu, on m'a demandé si je n'avais rien à ajouter. « Rien, ai-je répondu, seulement que le témoin a raison. Il est vrai que je lui ai offert une cigarette. » Le concierge m'a regardé alors avec un peu d'étonnement et une sorte de gratitude.

Il a hésité, puis il a dit que c'était lui qui m'avait offert le café au lait. Mon avocat a triomphé bruyamment et a déclaré que les jurés apprécieraient. Mais le procureur a tonné au-dessus de nos têtes et il a dit : « Oui, MM. les Jurés apprécieront. Et ils concluront qu'un étranger pouvait proposer du café, mais qu'un fils devait le refuser devant le corps de celle qui lui avait donné le jour. » Le concierge a regagné son banc.

Quand est venu le tour de Thomas Pérez, un huissier a dû le soutenir jusqu'à la barre. Pérez a dit qu'il avait surtout connu ma mère et qu'il ne m'avait vu qu'une fois, le jour de l'enterrement. On lui a demandé ce que j'avais fait ce jour-là et il a répondu : « Vous comprenez, moi-même j'avais trop de peine. Alors, je n'ai rien vu. C'était la peine qui m'empêchait de voir. Parce que c'était pour moi une très grosse peine. Et même, je me suis évanoui. Alors, je n'ai pas pu voir monsieur. » L'avocat général lui a demandé si, du moins, il m'avait vu pleurer. Pérez a répondu que non. Le procureur a dit alors à son tour : « MM. les Jurés apprécieront. » Mais mon avocat s'est fâché. Il a demandé à Pérez, sur un ton qui m'a semblé exagéré, « s'il avait vu que je ne pleurais pas » . Pérez a dit : « Non. » Le public a ri. Et mon avocat, en retroussant une de ses manches, a dit d'un ton péremptoire : « Voilà l'image de ce procès. Tout est vrai et rien n'est vrai ! » Le procureur avait le visage fermé et piquait un crayon dans les titres de ses dossiers.

Après cinq minutes de suspension pendant lesquelles mon avocat m'a dit que tout allait pour le mieux, on a entendu Céleste qui était cité par la défense. La défense, c'était moi. Céleste jetait de temps en temps des regards de mon côté et roulait un panama entre ses mains. Il portait le costume neuf qu'il mettait pour venir avec moi, certains dimanches, aux courses de chevaux. Mais je crois qu'il n'avait pas pu mettre son col parce qu'il portait seulement un bouton de cuivre pour tenir sa chemise fermée. On lui a demandé si j'étais son client et il a dit : « Oui, mais c'était aussi un ami » ; ce qu'il pensait de moi et il a répondu que j'étais un homme ; ce qu'il entendait par là et il a déclaré que tout le monde savait ce que cela voulait dire ; s'il avait remarqué que j'étais renfermé et il a reconnu seulement que je ne parlais pas pour ne rien dire. L'avocat général lui a demandé si je payais régulièrement ma pension. Céleste a ri et il a déclaré : « C'étaient des détails entre nous. » On lui a demandé encore ce qu'il pensait de mon crime. Il a mis alors ses mains sur la barre et l'on voyait qu'il avait préparé quelque chose. Il a dit : « Pour moi, c'est un malheur. Un malheur, tout le monde sait ce que c'est. Ça vous laisse sans défense. Eh bien ! pour moi c'est un malheur. » Il allait continuer, mais le président lui a dit que c'était bien et qu'on le remerciait. Alors Céleste est resté un peu interdit. Mais il a déclaré qu'il voulait encore parler. On lui a demandé d'être bref. Il a encore répété que c'était un malheur. Et le président lui a dit : « Oui, c'est entendu. Mais nous sommes là pour juger les malheurs de ce genre. Nous vous remercions. » Comme s'il était arrivé au bout de sa science et de sa bonne volonté, Céleste s'est alors retourné vers moi. Il m'a semblé que ses yeux brillaient et que ses lèvres tremblaient. Il avait l'air de me demander ce qu'il pouvait encore faire. Moi, je n'ai rien dit, je n'ai fait aucun geste, mais c'est la première fois de ma vie que j'ai eu envie d'embrasser un homme.

Le président lui a encore enjoint de quitter la barre. Céleste est allé s'asseoir dans le prétoire. Pendant tout le reste de l'audience, il est resté là, un peu penché en avant, les coudes sur les genoux, le panama entre les mains, à écouter tout ce qui se disait. Marie est entrée. Elle avait mis un chapeau et elle était encore belle. Mais je l'aimais mieux avec ses cheveux libres. De l'endroit où j'étais, je devinais le poids léger de ses seins et je reconnaissais sa lèvre inférieure toujours un peu gonflée. Elle semblait très nerveuse. Tout de suite, on lui a demandé depuis quand elle me connaissait. Elle a indiqué l'époque où elle travaillait chez nous. Le président a voulu savoir quels étaient ses rapports avec moi. Elle a dit qu'elle était mon amie. À une autre question, elle a répondu qu'il était vrai qu'elle devait m'épouser. Le procureur qui feuilletait un dossier lui a demandé brusquement de quand datait notre liaison. Elle a indiqué la date. Le procureur a remarqué d'un air indifférent qu'il lui semblait que c'était le lendemain de la mort de maman. Puis il a dit avec quelque ironie qu'il ne voudrait pas insister sur une situation délicate, qu'il comprenait bien les scrupules de Marie, mais (et ici son accent s'est fait plus dur) que son devoir lui commandait de s'élever au-dessus des convenances. Il a donc demandé à Marie de résumer cette journée où je l'avais connue. Marie ne voulait pas parler, mais devant l'insistance du procureur, elle a dit notre bain, notre sortie au cinéma et notre rentrée chez moi. L'avocat général a dit qu'à la suite des déclarations de Marie à l'instruction, il avait consulté les programmes de cette date. Il a ajouté que Marie elle-même dirait quel film on passait alors. D'une voix presque blanche, en effet, elle a indiqué que c'était un film de Fernandel. Le silence était complet dans la salle quand elle a eu fini. Le procureur s'est alors levé, très grave et d'une voix que j'ai trouvée vraiment émue, le doigt tendu vers moi, il a articulé lentement :« Messieurs les Jurés, le lendemain de la mort de sa mère, cet homme prenait des bains, commençait une liaison irrégulière, et allait rire devant un film comique. Je n'ai rien de plus à vous dire. » Il s'est assis, toujours dans le silence. Mais, tout d'un coup, Marie a éclaté en sanglots, a dit que ce n'était pas cela, qu'il y avait autre chose, qu'on la forçait à dire le contraire de ce qu'elle pensait, qu'elle me connaissait bien et que je n'avais rien fait de mal. Mais l'huissier, sur un signe du président, l'a emmenée et l'audience s'est poursuivie.

C'est à peine si, ensuite, on a écouté Masson qui a déclaré que j'étais un honnête homme « et qu'il dirait plus, j'étais un brave homme » . C'est à peine encore si on a écouté Salamano quand il a rappelé que j'avais été bon pour son chien et quand il a répondu à une question sur ma mère et sur moi en disant que je n'avais plus rien à dire à maman et que je l'avais mise pour cette raison à l'asile. « Il faut comprendre, disait Salamano, il faut comprendre. » Mais personne ne paraissait comprendre. On l'a emmené.

Puis est venu le tour de Raymond, qui était le dernier témoin. Raymond m'a fait un petit signe et a dit tout de suite que j'étais innocent. Mais le président a déclaré qu'on ne lui demandait pas des appréciations, mais des faits. Il l'a invité à attendre des questions pour répondre. On lui a fait préciser ses relations avec la victime. Raymond en a profité pour dire que c'était lui que cette dernière haïssait depuis qu'il avait giflé sa sœur. Le président lui a demandé cependant si la victime n'avait pas de raison de me haïr. Raymond a dit que ma présence à la plage était le résultat d'un hasard. Le procureur lui a demandé alors comment il se faisait que la lettre qui était à l'origine du drame avait été écrite par moi. Raymond a répondu que c'était un hasard. Le procureur a rétorqué que le hasard avait déjà beaucoup de méfaits sur la conscience dans cette histoire. Il a voulu savoir si c'était par hasard que je n'étais pas intervenu quand Raymond avait giflé sa maîtresse, par hasard que j'avais servi de témoin au commissariat, par hasard encore que mes déclarations lors de ce témoignage s'étaient révélées de pure complaisance. Pour finir, il a demandé à Raymond quels étaient ses moyens d'existence, et comme ce dernier répondait : « Magasinier », l'avocat général a déclaré aux jurés que de notoriété générale le témoin exerçait le métier de souteneur. J'étais son complice et son ami. Il s'agissait d'un drame crapuleux de la plus basse espèce, aggravé du fait qu'on avait affaire à un monstre moral. Raymond a voulu se défendre et mon avocat a protesté, mais on leur a dit qu'il fallait laisser terminer le procureur. Celui-ci a dit : « J'ai peu de chose à ajouter. Était-il votre ami ? » a-t-il demandé à Raymond. « Oui, a dit celui-ci, c'était mon copain. » L'avocat général m'a posé alors la même question et j'ai regardé Raymond qui n'a pas détourné les yeux. J'ai répondu : « Oui. » Le procureur s'est alors retourné vers le jury et a déclaré : « Le même homme qui au lendemain de la mort de sa mère se livrait à la débauche la plus honteuse a tué pour des raisons futiles et pour liquider une affaire de mœurs inqualifiable. »

Il s'est assis alors. Mais mon avocat, à bout de patience, s'est écrié en levant les bras, de sorte que ses manches en retombant ont découvert les plis d'une chemise amidonnée :« Enfin, est-il accusé d'avoir enterré sa mère ou d'avoir tué un homme ?» Le public a ri. Mais le procureur s'est redressé encore, s'est drapé dans sa robe et a déclaré qu'il fallait avoir l'ingénuité de l'honorable défenseur pour ne pas sentir qu'il y avait entre ces deux ordres de faits une relation profonde, pathétique, essentielle. « Oui, s'est-il écrié avec force, j'accuse cet homme d'avoir enterré une mère avec un cœur de criminel. » Cette déclaration a paru faire un effet considérable sur le public. Mon avocat a haussé les épaules et essuyé la sueur qui couvrait son front. Mais lui-même paraissait ébranlé et j'ai compris que les choses n'allaient pas bien pour moi.

L'audience a été levée. En sortant du palais de justice pour monter dans la voiture, j'ai reconnu un court instant l'odeur et la couleur du soir d'été. Dans l'obscurité de ma prison roulante, j'ai retrouvé un à un, comme du fond de ma fatigue, tous les bruits familiers d'une ville que j'aimais et d'une certaine heure où il m'arrivait de me sentir content. Le cri des vendeurs de journaux dans l'air déjà détendu, les derniers oiseaux dans le square, l'appel des marchands de sandwiches, la plainte des tramways dans les hauts tournants de la ville et cette rumeur du ciel avant que la nuit bascule sur le port, tout cela recomposait pour moi un itinéraire d'aveugle, que je connaissais bien avant d'entrer en prison. Oui, c'était l'heure où, il y avait bien longtemps, je me sentais content. Ce qui m'attendait alors, c'était toujours un sommeil léger et sans rêves. Et pourtant quelque chose était changé puisque, avec l'attente du lendemain, c'est ma cellule que j'ai retrouvée. Comme si les chemins familiers tracés dans les ciels d'été pouvaient mener aussi bien aux prisons qu'aux sommeils innocents.

IV

Même sur un banc d'accusé, il est toujours intéressant d'entendre parler de soi. Pendant les plaidoiries du procureur et de mon avocat, je peux dire qu'on a beaucoup parlé de moi et peut-être plus de moi que de mon crime. Étaient-elles si différentes, d'ailleurs, ces plaidoiries ? L'avocat levait les bras et plaidait coupable, mais avec excuses. Le procureur tendait ses mains et dénonçait la culpabilité, mais sans excuses. Une chose pourtant me gênait vaguement. Malgré mes préoccupations, j'étais parfois tenté d'intervenir et mon avocat me disait alors : « Taisez-vous, cela vaut mieux pour votre affaire. » En quelque sorte, on avait l'air de traiter cette affaire en dehors de moi. Tout se déroulait sans mon intervention. Mon sort se réglait sans qu'on prenne mon avis. De temps en temps, j'avais envie d'interrompre tout le monde et de dire : « Mais tout de même, qui est l'accusé ? C'est important d'être l'accusé. Et j'ai quelque chose à dire. » Mais réflexion faite, je n'avais rien à dire. D'ailleurs, je dois reconnaître que l'intérêt qu'on trouve à occuper les gens ne dure pas longtemps. Par exemple, la plaidoirie du procureur m'a très vite lassé. Ce sont seulement des fragments, des gestes ou des tirades entières, mais détachées de l'ensemble, qui m'ont frappé ou ont éveillé mon intérêt.

Le fond de sa pensée, si j'ai bien compris, c'est que j'avais prémédité mon crime. Du moins, il a essayé de le démontrer. Comme il le disait lui-même : « J'en ferai la preuve, messieurs, et je la ferai doublement. Sous l'aveuglante clarté des faits d'abord et ensuite dans l'éclairage sombre que me fournira la psychologie de cette âme criminelle. » Il a résumé les faits à partir de la mort de maman. Il a rappelé mon insensibilité, l'ignorance où j'étais de l'âge de maman, mon bain du lendemain, avec une femme, le cinéma, Fernandel et enfin la rentrée avec Marie. J'ai mis du temps à le comprendre, à ce moment, parce qu'il disait « sa maîtresse » et pour moi, elle était Marie. Ensuite, il en est venu à l'histoire de Raymond. J'ai trouvé que sa façon de voir les événements ne manquait pas de clarté. Ce qu'il disait était plausible. J'avais écrit la lettre d'accord avec Raymond pour attirer sa maîtresse et la livrer aux mauvais traitements d'un homme « de moralité douteuse ». J'avais provoqué sur la plage les adversaires de Raymond. Celui-ci avait été blessé. Je lui avais demandé son revolver. J'étais revenu seul pour m'en servir. J'avais abattu l'Arabe comme je le projetais. J'avais attendu. Et « pour être sûr que la besogne était bien faite », j'avais tiré encore quatre balles, posément, à coup sûr, d'une façon réfléchie en quelque sorte.

« Et voilà, messieurs, a dit l'avocat général. J'ai retracé devant vous le fil d'événements qui a conduit cet homme à tuer en pleine connaissance de cause. J'insiste là-dessus, a-t-il dit. Car il ne s'agit pas d'un assassinat ordinaire, d'un acte irréfléchi que vous pourriez estimer atténué par les circonstances. Cet homme, messieurs, cet homme est intelligent. Vous l'avez entendu, n'est-ce pas ? Il sait répondre. Il connaît la valeur des mots. Et l'on ne peut pas dire qu'il a agi sans se rendre compte de ce qu'il faisait. »

Moi j'écoutais et j'entendais qu'on me jugeait intelligent. Mais je ne comprenais pas bien comment les qualités d'un homme ordinaire pouvaient devenir des charges écrasantes contre un coupable. Du moins, c'était cela qui me frappait et je n'ai plus écouté le procureur jusqu'au moment où je l'ai entendu dire :« A-t-il seulement exprimé des regrets ? Jamais, messieurs. Pas une seule fois au cours de l'instruction cet homme n'a paru ému de son abominable forfait. » À ce moment, il s'est tourné vers moi et m'a désigné du doigt en continuant à m'accabler sans qu'en réalité je comprenne bien pourquoi. Sans doute, je ne pouvais pas m'empêcher de reconnaître qu'il avait raison. Je ne regrettais pas beaucoup mon acte. Mais tant d'acharnement m'étonnait. J'aurais voulu essayer de lui expliquer cordialement, presque avec affection, que je n'avais jamais pu regretter vraiment quelque chose. J'étais toujours pris par ce qui allait arriver, par aujourd'hui ou par demain. Mais naturellement, dans l'état où l'on m'avait mis, je ne pouvais parler à personne sur ce ton. Je n'avais pas le droit de me montrer affectueux, d'avoir de la bonne volonté. Et j'ai essayé d'écouter encore parce que le procureur s'est mis à parler de mon âme.

Il disait qu'il s'était penché sur elle et qu'il n'avait rien trouvé, messieurs les Jurés. Il disait qu'à la vérité, je n'en avais point, d'âme, et que rien d'humain, et pas un des principes moraux qui gardent le cœur des hommes ne m'était accessible. « Sans doute, ajoutait-il, nous ne saurions le lui reprocher. Ce qu'il ne saurait acquérir, nous ne pouvons nous plaindre qu'il en manque. Mais quand il s'agit de cette cour, la vertu toute négative de la tolérance doit se muer en celle, moins facile, mais plus élevée, de la justice. Surtout lorsque le vide du cœur tel qu'on le découvre chez cet homme devient un gouffre où la société peut succomber. » C'est alors qu'il a parlé de mon attitude envers maman. Il a répété ce qu'il avait dit pendant les débats. Mais il a été beaucoup plus long que lorsqu'il parlait de mon crime, si long même que, finalement, je n'ai plus senti que la chaleur de cette matinée. Jusqu'au moment, du moins, où l'avocat général s'est arrêté et, après un moment de silence, a repris d'une voix très basse et très pénétrée :« Cette même cour, messieurs, va juger demain le plus abominable des forfaits : le meurtre d'un père. » Selon lui, l'imagination reculait devant cet atroce attentat. Il osait espérer que la justice des hommes punirait sans faiblesse. Mais, il ne craignait pas de le dire, l'horreur que lui inspirait ce crime le cédait presque à celle qu'il ressentait devant mon insensibilité. Toujours selon lui, un homme qui tuait moralement sa mère se retranchait de la société des hommes au même titre que celui qui portait une main meurtrière sur l'auteur de ses jours. Dans tous les cas, le premier préparait les actes du second, il les annonçait en quelque sorte et il les légitimait. « J'en suis persuadé, messieurs, a-t-il ajouté en élevant la voix, vous ne trouverez pas ma pensée trop audacieuse, si je dis que l'homme qui est assis sur ce banc est coupable aussi du meurtre que cette cour devra juger demain. Il doit être puni en conséquence. » Ici, le procureur a essuyé son visage brillant de sueur. Il a dit enfin que son devoir était douloureux, mais qu'il l'accomplirait fermement. Il a déclaré que je n'avais rien à faire avec une société dont je méconnaissais les règles les plus essentielles et que je ne pouvais pas en appeler à ce cœur humain dont j'ignorais les réactions élémentaires. « Je vous demande la tête de cet homme, a-t-il dit, et c'est le cœur léger que je vous la demande. Car s'il m'est arrivé au cours de ma déjà longue carrière de réclamer des peines capitales, jamais autant qu'aujourd'hui, je n'ai senti ce pénible devoir compensé, balancé, éclairé par la conscience d'un commandement impérieux et sacré et par l'horreur que je ressens devant un visage d'homme où je ne lis rien que de monstrueux. »

Quand le procureur s'est rassis, il y a eu un moment de silence assez long. Moi, j'étais étourdi de chaleur et d'étonnement. Le président a toussé un peu et sur un ton très bas, il m'a demandé si je n'avais rien à ajouter. Je me suis levé et comme j'avais envie de parler, j'ai dit, un peu au hasard d'ailleurs, que je n'avais pas eu l'intention de tuer l'Arabe. Le président a répondu que c'était une affirmation, que jusqu'ici il saisissait mal mon système de défense et qu'il serait heureux, avant d'entendre mon avocat, de me faire préciser les motifs qui avaient inspiré mon acte. J'ai dit rapidement, en mêlant un peu les mots et en me rendant compte de mon ridicule, que c'était à cause du soleil. Il y a eu des rires dans la salle. Mon avocat a haussé les épaules et tout de suite après, on lui a donné la parole. Mais il a déclaré qu'il était tard, qu'il en avait pour plusieurs heures et qu'il demandait le renvoi à l'après-midi. La cour y a consenti.

L'après-midi, les grands ventilateurs brassaient toujours l'air épais de la salle, et les petits éventails multicolores des jurés s'agitaient tous dans le même sens. La plaidoirie de mon avocat me semblait ne devoir jamais finir. À un moment donné, cependant, je l'ai écouté parce qu'il disait :« Il est vrai que j'ai tué. » Puis il a continué sur ce ton, disant « je » chaque fois qu'il parlait de moi. J'étais très étonné. Je me suis penché vers un gendarme et je lui ai demandé pourquoi.

Il m'a dit de me taire et, après un moment, il a ajouté :« Tous les avocats font ça. » Moi, j'ai pensé que c'était m'écarter encore de l'affaire, me réduire à zéro et, en un certain sens, se substituer à moi. Mais je crois que j'étais déjà très loin de cette salle d'audience. D'ailleurs, mon avocat m'a semblé ridicule. Il a plaidé la provocation très rapidement et puis lui aussi a parlé de mon âme. Mais il m'a paru qu'il avait beaucoup moins de talent que le procureur. « Moi aussi, a-t-il dit, je me suis penché sur cette âme, mais, contrairement à l'éminent représentant du ministère public, j'ai trouvé quelque chose et je puis dire que j'y ai lu à livre ouvert. » Il y avait lu que j'étais un honnête homme, un travailleur régulier, infatigable, fidèle à la maison qui l'employait, aimé de tous et compatissant aux misères d'autrui. Pour lui, j'étais un fils modèle qui avait soutenu sa mère aussi longtemps qu'il l'avait pu. Finalement j'avais espéré qu'une maison de retraite donnerait à la vieille femme le confort que mes moyens ne me permettaient pas de lui procurer. « Je m'étonne, messieurs, a-t-il ajouté, qu'on ait mené si grand bruit autour de cet asile. Car enfin, s'il fallait donner une preuve de l'utilité et de la grandeur de ces institutions, il faudrait bien dire que c'est l'État lui-même qui les subventionne. » Seulement, il n'a pas parlé de l'enterrement et j'ai senti que cela manquait dans sa plaidoirie. Mais à cause de toutes ces longues phrases, de toutes ces journées et ces heures interminables pendant lesquelles on avait parlé de mon âme, j'ai eu l'impression que tout devenait comme une eau incolore où je trouvais le vertige.

À la fin, je me souviens seulement que, de la rue et à travers tout l'espace des salles et des prétoires, pendant que mon avocat continuait à parler, la trompette d'un marchand de glace a résonné jusqu'à moi. J'ai été assailli des souvenirs d'une vie qui ne m'appartenait plus, mais où j'avais trouvé les plus pauvres et les plus tenaces de mes joies : des odeurs d'été, le quartier que j'aimais, un certain ciel du soir, le rire et les robes de Marie. Tout ce que je faisais d'inutile en ce lieu m'est alors remonté à la gorge, et je n'ai eu qu'une hâte, c'est qu'on en finisse et que je retrouve ma cellule avec le sommeil. C'est à peine si j'ai entendu mon avocat s'écrier, pour finir, que les jurés ne voudraient pas envoyer à la mort un travailleur honnête perdu par une minute d'égarement, et demander les circonstances atténuantes pour un crime dont je traînais déjà, comme le plus sûr de mes châtiments, le remords éternel. La cour a suspendu l'audience et l'avocat s'est assis d'un air épuisé. Mais ses collègues sont venus vers lui pour lui serrer la main. J'ai entendu : « Magnifique, mon cher. » L'un d'eux m'a même pris à témoin : « Hein ? » m'a-t-il dit. J'ai acquiescé, mais mon compliment n'était pas sincère, parce que j'étais trop fatigué.

Pourtant, l'heure déclinait au-dehors et la chaleur était moins forte. Aux quelques bruits de rue que j'entendais, je devinais la douceur du soir. Nous étions là, tous, à attendre. Et ce qu'ensemble nous attendions ne concernait que moi. J'ai encore regardé la salle. Tout était dans le même état que le premier jour. J'ai rencontré le regard du journaliste à la veste grise et de la femme automate. Cela m'a donné à penser que je n'avais pas cherché Marie du regard pendant tout le procès. Je ne l'avais pas oubliée, mais j'avais trop à faire. Je l'ai vue entre Céleste et Raymond. Elle m'a fait un petit signe comme si elle disait : « Enfin » , et j'ai vu son visage un peu anxieux qui souriait. Mais je sentais mon cœur fermé et je n'ai même pas pu répondre à son sourire.

La cour est revenue. Très vite, on a lu aux jurés une série de questions. J'ai entendu « coupable de meurtre » ... « préméditation » ... « circonstances atténuantes » . Les jurés sont sortis et l'on m'a emmené dans la petite pièce où j'avais déjà attendu. Mon avocat est venu me rejoindre : il était très volubile et m'a parlé avec plus de confiance et de cordialité qu'il ne l'avait jamais fait. Il pensait que tout irait bien et que je m'en tirerais avec quelques années de prison ou de bagne. Je lui ai demandé s'il y avait des chances de cassation en cas de jugement défavorable. Il m'a dit que non. Sa tactique avait été de ne pas déposer de conclusions pour ne pas indisposer le jury. Il m'a expliqué qu'on ne cassait pas un jugement, comme cela, pour rien. Cela m'a paru évident et je me suis rendu à ses raisons. À considérer froidement la chose, c'était tout à fait naturel. Dans le cas contraire, il y aurait trop de paperasses inutiles. « De toute façon, m'a dit mon avocat, il y a le pourvoi. Mais je suis persuadé que l'issue sera favorable. »

Nous avons attendu très longtemps, près de trois quarts d'heure, je crois. Au bout de ce temps, une sonnerie a retenti. Mon avocat m'a quitté en disant :« Le président du jury va lire les réponses. On ne vous fera entrer que pour l'énoncé du jugement. » Des portes ont claqué. Des gens couraient dans des escaliers dont je ne savais pas s'ils étaient proches ou éloignés. Puis j'ai entendu une voix sourde lire quelque chose dans la salle. Quand la sonnerie a encore retenti, que la porte du box s'est ouverte, c'est le silence de la salle qui est

monté vers moi, le silence, et cette singulière sensation que j'ai eue
lorsque j'ai constaté que le jeune journaliste avait détourné ses yeux.
Je n'ai pas regardé du côté de Marie. Je n'en ai pas eu le temps
parce que le président m'a dit dans une forme bizarre que j'aurais
la tête tranchée sur une place publique au nom du peuple français.
Il m'a semblé alors reconnaître le sentiment que je lisais sur tous les
visages. Je crois bien que c'était de la considération. Les gendarmes
étaient très doux avec moi. L'avocat a posé sa main sur mon
poignet. Je ne pensais plus à rien. Mais le président m'a demandé
si je n'avais rien à ajouter. J'ai réfléchi. J'ai dit :« Non. » C'est alors
qu'on m'a emmené.

V

Pour la troisième fois, j'ai refusé de recevoir l'aumônier. Je n'ai rien à lui dire, je n'ai pas envie de parler, je le verrai bien assez tôt. Ce qui m'intéresse en ce moment, c'est d'échapper à la mécanique, de savoir si l'inévitable peut avoir une issue. On m'a changé de cellule. De celle-ci, lorsque je suis allongé, je vois le ciel et je ne vois que lui. Toutes mes journées se passent à regarder sur son visage le déclin des couleurs qui conduit le jour à la nuit. Couché, je passe les mains sous ma tête et j'attends. Je ne sais combien de fois je me suis demandé s'il y avait des exemples de condamnés à mort qui eussent échappé au mécanisme implacable, disparu avant l'exécution, rompu les cordons d'agents. Je me reprochais alors de n'avoir pas prêté assez d'attention aux récits d'exécution. On devrait toujours s'intéresser à ces questions. On ne sait jamais ce qui peut arriver. Comme tout le monde, j'avais lu des comptes rendus dans les journaux. Mais il y avait certainement des ouvrages spéciaux que je n'avais jamais eu la curiosité de consulter. Là, peut-être, j'aurais trouvé des récits d'évasion. J'aurais appris que dans un cas au moins la roue s'était arrêtée, que dans cette préméditation irrésistible, le hasard et la chance, une fois seulement, avaient changé quelque chose. Une fois ! Dans un sens, je crois que cela m'aurait suffi. Mon cœur aurait fait le reste. Les journaux parlaient souvent d'une dette qui était due à la société. Il fallait, selon eux, la payer. Mais cela ne parle pas à l'imagination. Ce qui comptait, c'était une possibilité d'évasion, un saut hors du rite implacable, une course à la folie qui offrît toutes les chances de l'espoir. Naturellement, l'espoir, c'était d'être abattu au coin d'une rue, en pleine course, et d'une balle à la volée. Mais tout bien considéré, rien ne me permettait ce luxe, tout me l'interdisait, la mécanique me reprenait.

Malgré ma bonne volonté, je ne pouvais pas accepter cette certitude insolente. Car enfin, il y avait une disproportion ridicule entre le jugement qui l'avait fondée et son déroulement imperturbable à partir du moment où ce jugement avait été prononcé. Le fait que la sentence avait été lue à vingt heures plutôt qu'à dix-sept, le fait qu'elle aurait pu être tout autre, qu'elle avait été prise par des hommes qui changent de linge, qu'elle avait été portée au crédit d'une notion aussi imprécise que le peuple français (ou allemand, ou chinois), il me semblait bien que tout cela enlevait beaucoup de sérieux à une telle décision. Pourtant, j'étais obligé de reconnaître que dès la seconde où elle avait été prise, ses effets devenaient aussi certains, aussi sérieux, que la présence de ce mur tout le long duquel j'écrasais mon corps.

Je me suis souvenu dans ces moments d'une histoire que maman me racontait à propos de mon père. Je ne l'avais pas connu. Tout ce que je connaissais de précis sur cet homme, c'était peut-être ce que m'en disait alors maman : il était allé voir exécuter un assassin. Il était malade à l'idée d'y aller. Il l'avait fait cependant et au retour il avait vomi une partie de la matinée. Mon père me dégoûtait un peu alors. Maintenant je comprenais, c'était si naturel. Comment n'avais-je pas vu que rien n'était plus important qu'une exécution capitale et que, en somme, c'était la seule chose vraiment intéressante pour un homme ! Si jamais je sortais de cette prison, j'irais voir toutes les exécutions capitales. J'avais tort, je crois, de penser à cette possibilité. Car à l'idée de me voir libre par un petit matin derrière un cordon d'agents, de l'autre côté en quelque sorte, à l'idée d'être le spectateur qui vient voir et qui pourra vomir après, un flot de joie empoisonnée me montait au cœur. Mais ce n'était pas raisonnable. J'avais tort de me laisser aller à ces suppositions parce que, l'instant d'après, j'avais si affreusement froid que je me recroquevillais sous ma couverture. Je claquais des dents sans pouvoir me retenir.

Mais, naturellement, on ne peut pas être toujours raisonnable. D'autres fois, par exemple, je faisais des projets de loi. Je réformais les pénalités. J'avais remarqué que l'essentiel était de donner une chance au condamné. Une seule sur mille, cela suffisait pour arranger bien des choses. Ainsi, il me semblait qu'on pouvait trouver une combinaison chimique dont l'absorption tuerait le patient (je pensais : le patient) neuf fois sur dix. Lui le saurait, c'était la condition. Car en réfléchissant bien, en considérant les choses avec calme, je constatais que ce qui était défectueux avec le couperet, c'est qu'il n'y avait aucune chance, absolument aucune. Une fois pour toutes, en somme, la mort du patient avait été décidée. C'était une affaire classée, une combinaison bien arrêtée, un accord entendu et sur lequel il n'était pas question de revenir. Si le coup ratait, par extraordinaire, on recommençait. Par suite, ce qu'il y avait d'ennuyeux, c'est qu'il fallait que le condamné souhaitât le bon fonctionnement de la machine. Je dis que c'est le côté défectueux. Cela est vrai, dans un sens. Mais, dans un autre sens, j'étais obligé de reconnaître que tout le secret d'une bonne organisation était là. En somme, le condamné était obligé de collaborer moralement. C'était son intérêt que tout marchât sans accroc.

J'étais obligé de constater aussi que jusqu'ici j'avais eu sur ces questions des idées qui n'étaient pas justes. J'ai cru longtemps – et je ne sais pas pourquoi – que pour aller à la guillotine, il fallait monter sur un échafaud, gravir des marches. Je crois que c'était à cause de la Révolution de 1789, je veux dire à cause de tout ce qu'on m'avait appris ou fait voir sur ces questions. Mais un matin, je me suis souvenu d'une photographie publiée par les journaux à l'occasion d'une exécution retentissante. En réalité, la machine était posée à même le sol, le plus simplement du monde. Elle était beaucoup plus étroite que je ne le pensais. C'était assez drôle que je ne m'en fusse pas avisé plus tôt. Cette machine sur le cliché m'avait frappé par son aspect d'ouvrage de précision, fini et étincelant. On se fait toujours des idées exagérées de ce qu'on ne connaît pas. Je devais constater au contraire que tout était simple : la machine est au même niveau que l'homme qui marche vers elle. Il la rejoint comme on marche à la rencontre d'une personne. Cela aussi était ennuyeux. La montée vers l'échafaud, l'ascension en plein ciel, l'imagination pouvait s'y raccrocher. Tandis que, là encore, la mécanique écrasait tout : on était tué discrètement, avec un peu de honte et beaucoup de précision.

Il y avait aussi deux choses à quoi je réfléchissais tout le temps : l'aube et mon pourvoi. Je me raisonnais cependant et j'essayais de n'y plus penser. Je m'étendais, je regardais le ciel, je m'efforçais de m'y intéresser. Il devenait vert, c'était le soir. Je faisais encore un effort pour détourner le cours de mes pensées. J'écoutais mon cœur. Je ne pouvais imaginer que ce bruit qui m'accompagnait depuis si longtemps pût jamais cesser. Je n'ai jamais eu de véritable imagination. J'essayais pourtant de me représenter une certaine seconde où le battement de ce cœur ne se prolongerait plus dans ma tête. Mais en vain. L'aube ou mon pourvoi étaient là. Je finissais par me dire que le plus raisonnable était de ne pas me contraindre.

C'est à l'aube qu'ils venaient, je le savais. En somme, j'ai occupé mes nuits à attendre cette aube. Je n'ai jamais aimé être surpris. Quand il m'arrive quelque chose, je préfère être là. C'est pourquoi j'ai fini par ne plus dormir qu'un peu dans mes journées et, tout le long de mes nuits, j'ai attendu patiemment que la lumière naisse sur la vitre du ciel. Le plus difficile, c'était l'heure douteuse où je savais qu'ils opéraient d'habitude. Passé minuit, j'attendais et je guettais. Jamais mon oreille n'avait perçu tant de bruits, distingué de sons si ténus. Je peux dire, d'ailleurs, que d'une certaine façon j'ai eu de la chance pendant toute cette période, puisque je n'ai jamais entendu de pas. Maman disait souvent qu'on n'est jamais tout à fait malheureux. Je l'approuvais dans ma prison, quand le ciel se colorait et qu'un nouveau jour glissait dans ma cellule. Parce qu'aussi bien, j'aurais pu entendre des pas et mon cœur aurait pu éclater. Même si le moindre glissement me jetait à la porte, même si, l'oreille collée au bois, j'attendais éperdument jusqu'à ce que j'entende ma propre respiration, effrayé de la trouver rauque et si pareille au râle d'un chien, au bout du compte mon cœur n'éclatait pas et j'avais encore gagné vingt-quatre heures.

Pendant tout le jour, il y avait mon pourvoi. Je crois que j'ai tiré le meilleur parti de cette idée. Je calculais mes effets et j'obtenais de mes réflexions le meilleur rendement. Je prenais toujours la plus mauvaise supposition : mon pourvoi était rejeté. « Eh bien, je mourrai donc. » Plus tôt que d'autres, c'était évident. Mais tout le monde sait que la vie ne vaut pas la peine d'être vécue. Dans le fond, je n'ignorais pas que mourir à trente ans ou à soixante-dix ans importe peu puisque, naturellement, dans les deux cas, d'autres hommes et d'autres femmes vivront, et cela pendant des milliers d'années. Rien n'était plus clair, en somme. C'était toujours moi qui mourrais, que ce soit maintenant ou dans vingt ans. À ce moment, ce qui me gênait un peu dans mon raisonnement, c'était ce bond terrible que je sentais en moi à la pensée de vingt ans de vie à venir. Mais je n'avais qu'à l'étouffer en imaginant ce que seraient mes pensées dans vingt ans quand il me faudrait quand même en venir là. Du moment qu'on meurt, comment et quand, cela n'importe pas, c'était évident. Donc (et le difficile c'était de ne pas perdre de vue tout ce que ce « donc » représentait de raisonnements), donc, je devais accepter le rejet de mon pourvoi.

À ce moment, à ce moment seulement, j'avais pour ainsi dire le droit, je me donnais en quelque sorte la permission d'aborder la deuxième hypothèse : j'étais gracié. L'ennuyeux, c'est qu'il fallait rendre moins fougueux cet élan du sang et du corps qui me piquait les yeux d'une joie insensée. Il fallait que je m'applique à réduire ce cri, à le raisonner. Il fallait que je sois naturel même dans cette hypothèse, pour rendre plus plausible ma résignation dans la première. Quand j'avais réussi, j'avais gagné une heure de calme.

Cela, tout de même, était à considérer.

C'est à un semblable moment que j'ai refusé une fois de plus de recevoir l'aumônier. J'étais étendu et je devinais l'approche du soir d'été à une certaine blondeur du ciel. Je venais de rejeter mon pourvoi et je pouvais sentir les ondes de mon sang circuler régulièrement en moi. Je n'avais pas besoin de voir l'aumônier. Pour la première fois depuis bien longtemps, j'ai pensé à Marie. Il y avait de longs jours qu'elle ne m'écrivait plus. Ce soir-là, j'ai réfléchi et je me suis dit qu'elle s'était peut-être fatiguée d'être la maîtresse d'un condamné à mort. L'idée m'est venue aussi qu'elle était peut-être malade ou morte. C'était dans l'ordre des choses. Comment l'aurais-je su puisqu'en dehors de nos deux corps maintenant séparés, rien ne nous liait et ne nous rappelait l'un à l'autre. À partir de ce moment, d'ailleurs, le souvenir de Marie m'aurait été indifférent. Morte, elle ne m'intéressait plus. Je trouvais cela normal comme je comprenais très bien que les gens m'oublient après ma mort. Ils n'avaient plus rien à faire avec moi. Je ne pouvais même pas dire que cela était dur à penser.

C'est à ce moment précis que l'aumônier est entré. Quand je l'ai vu, j'ai eu un petit tremblement. Il s'en est aperçu et m'a dit de ne pas avoir peur. Je lui ai dit qu'il venait d'habitude à un autre moment. Il m'a répondu que c'était une visite tout amicale qui n'avait rien à voir avec mon pourvoi dont il ne savait rien. Il s'est assis sur ma couchette et m'a invité à me mettre près de lui. J'ai refusé. Je lui trouvais tout de même un air très doux.

Il est resté un moment assis, les avant-bras sur les genoux, la tête baissée, à regarder ses mains. Elles étaient fines et musclées, elles me faisaient penser à deux bêtes agiles. Il les a frottées lentement l'une contre l'autre. Puis il est resté ainsi, la tête toujours baissée, pendant si longtemps que j'ai eu l'impression, un instant, que je l'avais oublié.

Mais il a relevé brusquement la tête et m'a regardé en face : « Pourquoi, m'a-t-il dit, refusez-vous mes visites ? » J'ai répondu que je ne croyais pas en Dieu. Il a voulu savoir si j'en étais bien sûr et j'ai dit que je n'avais pas à me le demander : cela me paraissait une question sans importance. Il s'est alors renversé en arrière et s'est adossé au mur, les mains à plat sur les cuisses. Presque sans avoir l'air de me parler, il a observé qu'on se croyait sûr, quelquefois, et, en réalité, on ne l'était pas. Je ne disais rien. Il m'a regardé et m'a interrogé : « Qu'en pensez-vous ? » J'ai répondu que c'était possible. En tout cas, je n'étais peut-être pas sûr de ce qui m'intéressait réellement, mais j'étais tout à fait sûr de ce qui ne m'intéressait pas. Et justement, ce dont il me parlait ne m'intéressait pas.

Il a détourné les yeux et, toujours sans changer de position, m'a demandé si je ne parlais pas ainsi par excès de désespoir. Je lui ai expliqué que je n'étais pas désespéré. J'avais seulement peur, c'était bien naturel. « Dieu vous aiderait alors, a-t-il remarqué. Tous ceux que j'ai connus dans votre cas se retournaient vers lui. » J'ai reconnu que c'était leur droit. Cela prouvait aussi qu'ils en avaient le temps. Quant à moi, je ne voulais pas qu'on m'aidât et justement le temps me manquait pour m'intéresser à ce qui ne m'intéressait pas.

À ce moment, ses mains ont eu un geste d'agacement, mais il

s'est redressé et a arrangé les plis de sa robe. Quand il a eu fini, il s'est adressé à moi en m'appelant « mon ami » : s'il me parlait ainsi ce n'était pas parce que j'étais condamné à mort ; à son avis, nous étions tous condamnés à mort. Mais je l'ai interrompu en lui disant que ce n'était pas la même chose et que, d'ailleurs, ce ne pouvait être, en aucun cas, une consolation. « Certes, a-t-il approuvé. Mais vous mourrez plus tard si vous ne mourez pas aujourd'hui. La même question se posera alors. Comment aborderez-vous cette terrible épreuve ? » J'ai répondu que je l'aborderais exactement comme je l'abordais en ce moment.

Il s'est levé à ce mot et m'a regardé droit dans les yeux. C'est un jeu que je connaissais bien. Je m'en amusais souvent avec Emmanuel ou Céleste et, en général, ils détournaient leurs yeux. L'aumônier aussi connaissait bien ce jeu, je l'ai tout de suite compris : son regard ne tremblait pas. Et sa voix non plus n'a pas tremblé quand il m'a dit : « N'avez-vous donc aucun espoir et vivez-vous avec la pensée que vous allez mourir tout entier ? – Oui », ai-je répondu.

Alors, il a baissé la tête et s'est rassis. Il m'a dit qu'il me plaignait. Il jugeait cela impossible à supporter pour un homme. Moi, j'ai seulement senti qu'il commençait à m'ennuyer. Je me suis détourné à mon tour et je suis allé sous la lucarne. Je m'appuyais de l'épaule contre le mur. Sans bien le suivre, j'ai entendu qu'il recommençait à m'interroger. Il parlait d'une voix inquiète et pressante. J'ai compris qu'il était ému et je l'ai mieux écouté.

Il me disait sa certitude que mon pourvoi serait accepté, mais je portais le poids d'un péché dont il fallait me débarrasser. Selon lui, la justice des hommes n'était rien et la justice de Dieu tout. J'ai remarqué que c'était la première qui m'avait condamné. Il m'a répondu qu'elle n'avait pas, pour autant, lavé mon péché. Je lui ai dit que je ne savais pas ce qu'était un péché. On m'avait seulement appris que j'étais un coupable. J'étais coupable, je payais, on ne pouvait rien me demander de plus. À ce moment, il s'est levé à nouveau et j'ai pensé que dans cette cellule si étroite, s'il voulait remuer, il n'avait pas le choix. Il fallait s'asseoir ou se lever.

J'avais les yeux fixés au sol. Il a fait un pas vers moi et s'est arrêté, comme s'il n'osait avancer. Il regardait le ciel à travers les barreaux. « Vous vous trompez, mon fils, m'a-t-il dit, on pourrait vous demander plus. On vous le demandera peut-être. – Et quoi donc ? – On pourrait vous demander de voir. – Voir quoi ?»

Le prêtre a regardé tout autour de lui et il a répondu d'une voix que j'ai trouvée soudain très lasse :« Toutes ces pierres suent la douleur, je le sais. Je ne les ai jamais regardées sans angoisse. Mais, du fond du cœur, je sais que les plus misérables d'entre vous ont vu sortir de leur obscurité un visage divin. C'est ce visage qu'on vous demande de voir. »

Je me suis un peu animé. J'ai dit qu'il y avait des mois que je regardais ces murailles. Il n'y avait rien ni personne que je connusse mieux au monde. Peut-être, il y a bien longtemps, y avais-je cherché un visage. Mais ce visage avait la couleur du soleil et la flamme du désir : c'était celui de Marie. Je l'avais cherché en vain. Maintenant, c'était fini. Et dans tous les cas, je n'avais rien vu surgir de cette sueur de pierre.

L'aumônier m'a regardé avec une sorte de tristesse. J'étais maintenant complètement adossé à la muraille et le jour me coulait sur le front. Il a dit quelques mots que je n'ai pas entendus et m'a demandé très vite si je lui permettais de m'embrasser : « Non », ai-je répondu. Il s'est retourné et a marché vers le mur sur lequel il a passé sa main lentement :« Aimez-vous donc cette terre à ce point ?» a-t-il murmuré. Je n'ai rien répondu.

Il est resté assez longtemps détourné. Sa présence me pesait et m'agaçait. J'allais lui dire de partir, de me laisser, quand il s'est écrié tout d'un coup avec une sorte d'éclat, en se retournant vers moi :« Non, je ne peux pas vous croire. Je suis sûr qu'il vous est arrivé de souhaiter une autre vie. » Je lui ai répondu que naturellement, mais cela n'avait pas plus d'importance que de souhaiter d'être riche, de nager très vite ou d'avoir une bouche mieux faite. C'était du même ordre. Mais lui m'a arrêté et il voulait savoir comment je voyais cette autre vie. Alors, je lui ai crié :« Une vie où je pourrais me souvenir de celle-ci », et aussitôt je lui ai dit que j'en avais assez. Il voulait encore me parler de Dieu, mais je me suis avancé vers lui et j'ai tenté de lui expliquer une dernière fois qu'il me restait peu de temps. Je ne voulais pas le perdre avec Dieu. Il a essayé de changer de sujet en me demandant pourquoi je l'appelais « monsieur » et non pas « mon père ». Cela m'a énervé et je lui ai répondu qu'il n'était pas mon père : il était avec les autres.

« Non, mon fils, a-t-il dit en mettant la main sur mon épaule. Je suis avec vous. Mais vous ne pouvez pas le savoir parce que vous avez un cœur aveugle. Je prierai pour vous. »

Alors, je ne sais pas pourquoi, il y a quelque chose qui a crevé en moi. Je me suis mis à crier à plein gosier et je l'ai insulté et je lui ai dit de ne pas prier. Je l'avais pris par le collet de sa soutane. Je déversais sur lui tout le fond de mon cœur avec des bondissements mêlés de joie et de colère. Il avait l'air si certain, n'est-ce pas ? Pourtant, aucune de ses certitudes ne valait un cheveu de femme. Il n'était même pas sûr d'être en vie puisqu'il vivait comme un mort. Moi, j'avais l'air d'avoir les mains vides. Mais j'étais sûr de moi, sûr de tout, plus sûr que lui, sûr de ma vie et de cette mort qui allait venir. Oui, je n'avais que cela. Mais du moins, je tenais cette vérité autant qu'elle me tenait. J'avais eu raison, j'avais encore raison, j'avais toujours raison. J'avais vécu de telle façon et j'aurais pu vivre de telle autre. J'avais fait ceci et je n'avais pas fait cela. Je n'avais pas fait telle chose alors que j'avais fait cette autre. Et après ? C'était comme si j'avais attendu pendant tout le temps cette minute et cette petite aube où je serais justifié. Rien, rien n'avait d'importance et je savais bien pourquoi. Lui aussi savait pourquoi. Du fond de mon avenir, pendant toute cette vie absurde que j'avais menée, un souffle obscur remontait vers moi à travers des années qui n'étaient pas encore venues et ce souffle égalisait sur son passage tout ce qu'on me proposait alors dans les années pas plus réelles que je vivais. Que m'importaient la mort des autres, l'amour d'une mère, que m'importaient son Dieu, les vies qu'on choisit, les destins qu'on élit, puisqu'un seul destin devait m'élire moi-même et avec moi des milliards de privilégiés qui, comme lui, se disaient mes frères. Comprenait-il, comprenait-il donc ? Tout le monde était privilégié. Il n'y avait que des privilégiés. Les autres aussi, on les condamnerait un jour. Lui aussi, on le condamnerait. Qu'importait si, accusé de meurtre, il était exécuté pour n'avoir pas pleuré à l'enterrement de sa mère ? Le chien de Salamano valait autant que sa femme. La petite femme automatique était aussi coupable que la Parisienne que Masson avait épousée ou que Marie qui avait envie que je l'épouse. Qu'importait que Raymond fût mon copain autant que Céleste qui valait mieux que lui ? Qu'importait que Marie donnât aujourd'hui sa bouche à un nouveau Meursault ? Comprenait-il donc, ce condamné, et que du fond de mon avenir... J'étouffais en criant tout ceci. Mais, déjà, on m'arrachait l'aumônier des mains et les gardiens me menaçaient. Lui, cependant, les a calmés et m'a regardé un moment en silence. Il avait les yeux pleins de larmes. Il s'est détourné et il a disparu.

Lui parti, j'ai retrouvé le calme. J'étais épuisé et je me suis jeté sur ma couchette. Je crois que j'ai dormi parce que je me suis réveillé avec des étoiles sur le visage. Des bruits de campagne montaient jusqu'à moi. Des odeurs de nuit, de terre et de sel rafraîchissaient mes tempes. La merveilleuse paix de cet été endormi entrait en moi comme une marée. À ce moment, et à la limite de la nuit, des sirènes ont hurlé. Elles annonçaient des départs pour un monde qui maintenant m'était à jamais indifférent. Pour la première fois depuis bien longtemps, j'ai pensé à maman. Il m'a semblé que je comprenais pourquoi à la fin d'une vie elle avait pris un « fiancé », pourquoi elle avait joué à recommencer. Là-bas, là-bas aussi, autour de cet asile où des vies s'éteignaient, le soir était comme une trêve mélancolique. Si près de la mort, maman devait s'y sentir libérée et prête à tout revivre. Personne, personne n'avait le droit de pleurer sur elle. Et moi aussi, je me suis senti prêt à tout revivre. Comme si cette grande colère m'avait purgé du mal, vidé d'espoir, devant cette nuit chargée de signes et d'étoiles, je m'ouvrais pour la première fois à la tendre indifférence du monde. De l'éprouver si pareil à moi, si fraternel enfin, j'ai senti que j'avais été heureux, et que je l'étais encore. Pour que tout soit consommé, pour que je me sente moins seul, il me restait à souhaiter qu'il y ait beaucoup de spectateurs le jour de mon exécution et qu'ils m'accueillent avec des cris de haine.

图书在版编目（CIP）数据

局外人 / （法）阿尔贝·加缪（Albert Camus）著；
郭硕博，陈杰译. -- 重庆：重庆大学出版社，2020.11（2025.2重印）
ISBN 978-7-5689-1968-5

Ⅰ.①局… Ⅱ.①阿…②郭…③陈… Ⅲ.①中篇小
说—法国—现代 Ⅳ.①I565.45

中国版本图书馆CIP数据核字（2020）第005802号

局外人
JUWAI REN

［法］阿尔贝·加缪　　著
Albert Camus

郭硕博　陈杰　译

策划编辑：张菱芷　责任编辑：刘雯娜
责任校对：谢　芳　责任印制：赵　晟
装帧设计：重庆西西弗文化传播有限公司

重庆大学出版社出版发行
出版人：陈晓阳
社　址：重庆市沙坪坝区大学城西路21号
邮　编：401331
电　话：（023）88617190　88617185（中小学）
传　真：（023）88617186　88617166
网　址：http://www.cqup.com.cn
邮　箱：fxk@cqup.com.cn（营销中心）
重庆升光电力印务有限公司印刷

开本：787mm×1092mm　1/32　印张：7.125　字数：200千　插页：32开4页
2020年11月第1版　2025年2月第4次印刷
ISBN 978-7-5689-1968-5　定价：58.00元